KB118606

그녀는 내 그림 속에서 그녀의 그림을 그려요
김참 시집

문학동네시인선 133 김참
그녀는 내 그림 속에서 그녀의 그림을 그려요

시인의 말

기린들이 숲으로 돌아간다.
구름이 기린 목에 걸린다.
마침내 기린들은 처음부터
없었던 것처럼 모두 사라진다.

2020년 3월
김참

차례

1부 거미와 나

2부 나선의 마을

3부 기괴한 서커스

4부 내가 그린 그림들

1부

거미와 나

간이역

　노랑나비 날아다니는 하늘은 코발트블루. 그 위에 녹색
양떼구름 둥둥 떠가고 철도 레일 같은 검은 전선들 코발트
블루 하늘을 양분한다. 하루에 한 번 오는 기차는 전선 늘
어진 해변 마을을 달리며 길게 기적을 울린다. 건물들 위엔
회색 지붕 배처럼 떠 있고 지붕에 늘어선 선인장 화분에서
노란 꽃 핀다. 창문들은 벽돌과 벽돌 사이에서 오후의 바
다처럼 반짝이고 창문과 벽돌을 가르며 늘어선 검은 전선
을 타고 기차는 느릿느릿 지나간다. 아이들은 나비처럼 들
떠서 파란 물결 넘실대는 해변의 해당화 꽃밭 따라 팔랑팔
랑 뛰어다닌다.

거미와 나

내 방엔 오래된 기타가 있고요. 녹슨 줄엔 거미줄이 엉켜 있어요. 내가 기타를 치면 파란 거미들 줄을 타고 방안을 돌아다녀요. 내가 꿈속의 낯선 거리를 걸으면 거미들은 내 꿈 안팎을 넘나들며 무럭무럭 자라요. 내 방과 내가 걷는 낯선 길이 거미줄로 어지럽게 얽혀요. 내가 아무도 없는 거리에서 기타를 치면 거미들은 줄을 타고 나무에 올라 나뭇가지에 오래된 기타를 주렁주렁 매달아요. 기타들이 끝없이 매달린 길을 따라가면 거미들이 주고받는 이야기가 공명통을 맴돌다 귓속으로 흘러들어와요.

풍금

거꾸로 걸린 시계가 있는 담장 앞에서 나는 풍금을 친다.
아직 서툰 내 풍금 소리 들으며 사람들은 유령처럼 웃는다.
자전거 바퀴가 고인 물 튀기는 일요일 오후, 비둘기 우는 느
티나무 아래서 나는 풍금을 친다. 풍금 소리 퍼지는 거리엔
찬바람이 분다. 나는 먹구름 몰려오는 공중을 올려다본다.
공중에서 떨어진 빗방울이 고인 물 위에 작은 파문을 만든
다. 빗방울이 굵어지고 사람들 걸음이 빨라지지만 내리는
비 맞으며 나는 풍금을 친다. 느티나무 위 비둘기 가지를 박
차고 날아간 뒤 담장에 걸린 시계의 거꾸로 돌던 바늘이 멈
춘다. 떨어지던 빗방울이 공중에 멈추고 귀가하던 사람들도
얼음처럼 멈춘다. 모든 것들이 정지한 거리에 풍금 소리만
느릿느릿 퍼져나간다.

침대

  텅 빈 골목에 떠 있는 침대, 그리고 떠 있는 이불, 그리고
두 갈래의 길. 침대 위에 떠 있는 우리의 얼굴, 우리의 팔다
리, 침대에 깔린 파란 이불에 새겨진 벚꽃들. 비 내리면 비
에 젖는 침대, 텅 빈 골목에 떠 있는 침대, 바람 부는 날 침
대는 목욕탕 굴뚝 위를 지나 갈대꽃 핀 들판으로 흘러간다.
그동안 우리는 이불을 덮고 잠을 잔다. 우리가 꾸는 꿈속 텅
빈 골목에 떠 있는 침대, 그리고 떠 있는 이불, 그리고 두 갈
래의 길, 우리는 침대에서 내려온다. 맨발로 비에 젖은 아
스팔트를 걷는다.

구름 속의 산책

아파트 뒤 산꼭대기에 내가 다니던 중학교가 보인다. 아니 학교가 왜 저기 있는 걸까. 집밖으로 뛰어나가 버스를 탄다. 버스는 꼬불꼬불한 길을 빙글빙글 돌아 산꼭대기에 도착한다. 닫힌 교문을 열고 학교 안으로 들어가니 운동장 가운데 커다란 연못이 있다. 나는 잔디를 밟으며 연못 쪽으로 걷는다. 연못엔 파란 잉어들 한가로이 돌아다닌다.

의자에 앉아 학교 건물을 본다. 조용하다. 아무도 없는 것 같다. 구름이 산자락 따라 올라오며 산아래 마을을 조금씩 지운다. 구름 저편에서 종소리가 들려온다. 나는 교문을 나와 집으로 돌아가는 버스를 탄다. 샛강을 건넌 버스는 지정된 노선과 다른 쪽으로 간다. 땅까지 낮게 깔린 구름 때문에 버스는 더디게 움직인다. 나는 버스에서 내려 길게 펼쳐진 당근밭을 지나 야트막한 언덕에 도착한다.

언덕길 따라 걸을 때 다시 종소리가 들린다. 길 양쪽 백양나무숲엔 거대한 불상들이 쓰러져 있다. 어떤 불상은 비스듬히 누워 있고 어떤 불상은 배를 땅바닥에 깔고 있다. 휘파람새 우는 숲을 빠져나가니 좁은 길 복잡하게 얽힌 마을이 나타난다. 무채색 건물 가득한 마을 한쪽에 인쇄소들이 다닥다닥 붙은 단층 건물이 즐비하다.

낯선 사람들이 인쇄소에서 음악을 들으며 일을 하고 있

다. 골든 그레입스, 리바이불 크로스 같은 옛날 밴드의 음악이 몽롱하게 흘러나온다. 태풍이 지나갔는지 마을 곳곳에 나무들이 쓰러져 있다. 이상하다. 이곳에 와본 적은 없지만 나는 이 길이 끝나는 곳에 무엇이 있는지 알 것 같다. 마을 한복판에 서서 나는 멀리 있는 산을 본다. 갑자기 울고 싶은 생각이 든다.

몽환의 마을

작은 집들을 밟을까 조심조심 걷는다. 걸을 때마다 거리가 흔들리고 집이 흔들린다. 주차된 차들이 흔들린다. 텔레비전이 흔들리고 주전자가 흔들리고 찻잔이 흔들린다. 아무도 없는 거리를 지나 그녀의 집에 도착한다. 그녀가 활짝 웃는다. 우리는 거실 소파에 앉아 라디오를 듣는다. 그녀가 찻잔을 들고 온다. 홍차를 마시며 우리는 음악을 듣는다. 창밖을 본다. 철거 예정인 아파트 위에 독수리들이 떠 있다. 그녀가 창문을 연다. 시원한 바람이 불어온다. 우리는 산책을 나선다. 독수리들이 그녀의 어깨에 내려앉는다. 우리는 왜 갑자기 이렇게 커져버린 걸까. 아파트 베란다에 널린 이불을 걷는 사람이 우리를 보고 화들짝 놀란다. 우리는 지하철 공사가 한창인 버스 정류장을 지나고 포클레인이 차도를 파헤치는 빵가게 앞을 지나간다. 좁은 길 따라 우리는 천천히 걷는다. 걸을 때마다 땅이 흔들리고 가로수가 흔들린다. 지붕이 흔들리고 유리창이 덜컹거린다. 길게 줄을 서서 버스를 기다리던 사람들이 우리를 보고 놀라 흩어진다. 우리는 해바라기 만발한 강변으로 간다. 구름 비치는 맑은 강엔 커다란 철갑상어들이 헤엄치고 있다. 나는 눈을 크게 뜨고 철갑상어들을 본다. 철갑상어들도 눈을 크게 뜨고 나를 본다. 저것 봐요. 철갑상어들이 우리를 보고 있네요. 나는 그녀를 향해 고개를 돌린다. 그런데, 그녀가 곁에 없다. 철갑상어들을 바라보는 그 짧은 순간 그녀는 어디로 가버린 걸까. 그리고 이제 나는 또 어떻게 그녀를 찾아야 하나.

은행나무숲으로 가는 기린

　창밖에 기린이 나타나 귀 쫑긋 세우고 내가 틀어놓은 음악을 듣는다. 저녁마다 커다란 기린이 나타나 안테나처럼 귀를 세우고 내가 틀어놓은 옛날 음악을 듣는다. 나는 냉장고에서 사과를 꺼내 기린에게 건네준다. 기린은 사과를 꿀꺽 삼키며 크고 순한 눈을 깜빡거린다. 나는 사과 하나를 더 건네주며 사과 씹는 기린을 물끄러미 바라본다. 기린 머리에 달린 딱딱한 뿔을 올려다본다. 그때마다 내 심장은 쿵쾅쿵쾅 뛴다. 바람이 분다. 기린은 몸을 돌려 은행나무숲으로 돌아간다. 숲으로 가는 길엔 작고 낮은 집들이 늘어서 있다. 기린이 한 걸음 내디딜 때마다 집들의 심장에 주황색 등불이 켜지고 커다란 발자국이 숲으로 이어진 길 위에 뚜렷이 새겨진다. 숲과 집들과 나무들과 굴뚝에서 솟아오르는 연기들 점점 작아지고 기린의 몸집은 점점 커진다. 회색 구름이 기린의 목에 걸린다. 남자와 여자가 잠든 작은 방 창문 밖으로 기린이 지나간다. 은행나무 잎 녹색 빛깔 점점 짙어지는 여름밤, 은행나무숲에 앉아 있는 연인의 등뒤로 기린이 지나간다. 아니, 기린 지나가는 소리 들린다. 조용히·비가 내린다. 은행잎들이 가만히 떨어져내린다.

음악회

　음악회가 열린다. 꿈만 같다. 버드나무 아래 무대가 만들어지고 그 아래 의자들이 줄지어 놓인다. 보름달은 뜨고 낙엽은 떨어지고 버드나무 위에서 새들이 지저귀는 저녁, 음악회가 열린다. 꿈만 같다. 파란 달빛과 지저귀는 새들 때문에 살랑살랑 부는 바람 때문에 눈꺼풀이 무거워진다. 우리가 모두 잠든 사이 악사들이 도착한다. 바이올린과 첼로 기타와 트럼펫을 든 사람들이 무대에 올라가 연주를 시작한다. 음악이 퍼져나가면 달팽이들은 즐겁다. 달팽이들은 나뭇잎 침대에 누워 두 귀를 활짝 열고 음악을 듣는다. 아름다운 소리들이 파랗게 빛나는 달까지 올라갔다가 달빛을 타고 내려와 버드나무 가지에 앉아 있는 새들의 귀를 적셔주지만 우리들은 좀처럼 일어날 줄 모른다. 음악회가 끝나고 악사들을 실은 버스가 떠나도 우리는 아무도 일어나지 못한다.

중독

바람이 분다. 낡은 집 마당 꽃나무 가지가 휘고 이층으로 이어진 나선형 계단이 흔들린다. 포도밭 시멘트 기둥이 갈라지고 익어가던 포도가 떨어진다. 포도밭 위를 떠다니던 새털구름이 녹아내린다. 물동이 이고 다리를 건너는 여인의 관절이 휘고 붉은 벽돌담에 붙어 있던 파란 달팽이들 몸 뒤틀며 떨어진다. 바람이 분다. 은행나무 가지가 휘고 오래된 벽이 구부러지고 공장 철문이 녹아내린다. 빵집 앞 자전거 바퀴가 터지고 삼거리 꽃집 앞을 걷던 남자의 손가락이 뒤틀린다. 골목을 달리던 바람이 소용돌이를 일으킨다. 길거리 옷집에 걸린 옷들이 마구 펄럭인다. 옹기점 아치 울타리가 휘어지고 공터에 쌓인 벽돌 더미가 무너지고 녹슨 양철 지붕이 허물어진다. 마른잎 말아올리며 빙빙 돌던 회오리바람 지나간 뒤 느티나무 옆에 있던 사람이 귀를 막고 비명을 지른다. 있는 듯 없는 듯 서 있던 아이가 오래된 거리의 오래된 집 앞을 지나간다. 바람이 분다. 사물들이 천천히 몸을 뒤틀기 시작한다.

밤에 쓰는 편지

떨어진 호박잎 아래 청개구리 잠드는 밤. 내 튼튼한 뼈에 구멍 뻥뻥 뚫고 알록달록한 거미들 알 스는 시간. 숨쉴 때마다 흙탕물 넘쳐흐르는 내 몸속 저수지 억새 가득한 둑에 누워 서른아홉의 내가 슬픔에 잠기는 시간. 올빼미 두 마리 앉아 있는 동백나무 아래로 죽은 사람들이 몰려오는 시간. 무표정한 얼굴을 한 그들이 잦은 기침을 하며 내 몸속 깊은 저수지를 헤엄치는 커다란 물고기를 바라보는 시간.

가을

  내 발아래로 딱딱한 구름이 흘러간다. 날아가던 새들이 딱딱한 구름에 부딪쳐 추락한다. 새들은 낡은 지붕 위에서 하얗게 말라가는 고구마들과 함께 천천히 말라갈 것이다. 낡은 집 옆 커다란 연못에서 커다란 물고기들이 논다. 이따금 수면을 박차고 구름까지 올라가는 물고기들. 내 꿈에 나타나 내 고요한 잠을 방해하던 죽음의 사자들. 그 물고기를 잡으러 간 아이들의 피가 장밋빛으로 연못을 물들이는 계절. 내 발아래로 딱딱한 구름이 흘러가는 계절. 젖은 신발을 벗어 구름에 올려두는 내 오래된 습관처럼 느닷없이 찾아오는 오래된 계절. 철길 옆 판잣집에 살던 사람들과 변두리 아파트에 살던 사람들 이유 없이 죽어나가는 계절. 장마가 시작되면 연못 주위로 죽은 사람들 개미떼처럼 몰려드는 계절. 죽은 사람들이 신발을 벗고 구름 위로 올라오는 계절. 내 발아래로, 당신의 발아래로, 우리들의 발아래로 성난 황소처럼 구름이 흘러가는 계절. 올라온 사람들이 너무 많아 발 디딜 틈 없는 딱딱한 구름 위에서 내가, 당신이, 우리가, 죽은 사람들을 구름 밖으로 밀어내는 계절. 죽은 사람들이 낙엽처럼 살랑살랑 떨어져내리는 계절. 가을, 내 발아래로 딱딱한 구름이 흘러가는.

밤이면

　밤이면 네 머리엔 뿔이 돋는다. 화분에 핀 꽃은 시들고 하늘은 시커먼 구름으로 뒤덮인다. 밤이면 네 손가락은 점점 짧아지고 네 혀는 달팽이처럼 둥글게 말린다. 밤이면 사람들이 하나둘 사라진다. 빵집 남자가 사라지고 빵집 앞에 서서 비 맞는 아가씨도 사라진다. 밤이면 네 눈은 툭 튀어나오고 네 귀는 풍선처럼 부푼다. 네 코는 자꾸 커지고 콧구멍은 연탄 구멍처럼 빨갛게 달아오른다. 밤이면 너는 창문을 열고 아파트 벽을 뚜벅뚜벅 걸어다닌다. 너는 내 방 창문을 열고 내 머리통을 후려친다. 밤이면 내 손가락은 점점 짧아지고 내 혀는 달팽이처럼 둥글게 말린다. 밤이면 내 머리에 긴 뿔이 돋아난다. 밤이면 나는 불면에 시달린다.

손님

　집안에 낯선 사람들이 가득하다 남자도 있고 여자도 있다
모두 모르는 사람이지만 모두 나를 알고 있다 어쩌면 술집
에서 만났고 비 오는 거리에서 만났고 빵집에서도 만났을지
모르지만 모두 내가 모르는 사람들이다 그들은 식탁에 둘러
앉아 밥을 먹고 커피를 마시고 소파에 앉아 텔레비전을 보
고 베란다에서 담배도 피운다 나에게 잘 잤냐고 인사를 하
고 내가 알지 못하는 또다른 사람에게 전화를 하고 내가 미
뤄둔 설거지를 하고 집에 빈 어항이 왜 이렇게 많은지 묻기
도 한다 누구시냐고 묻기도 전에 어떻게 오셨냐고 묻기도
전에 그들은 화장실로 작은방과 큰방으로 사라진다 집안은
갑자기 고요해진다 꿈인가 궁금해 볼을 꼬집어보니 아프지
않다 그러면 빨리 이 이상한 꿈에서 빠져나와야 하는데 미
로에 갇힌 것처럼 나올 수가 없다 밖으로 나가려 해도 현관
을 찾을 수 없다 그러는 동안 내가 모르는 단발 여인이 점심
준비를 한다 도마에 생선을 올려놓고 비늘을 벗긴다 이상하
다 냉장고엔 생선이 없을 텐데 여자는 어디서 생선을 구해
온 걸까 생선찌개 냄새를 맡았는지 작은방과 큰방에서 사람
들이 나온다 모두 모르는 사람들이지만 모두 나를 알고 있
다 어디서 만났던 사람들일까 아무리 생각해도 아무것도 기
억나지 않는데 낯선 사람들이 밥 먹으러 오라고 손짓을 한
다 구운 생선 냄새가 침샘을 자극한다 집안엔 낯선 사람들
이 가득한데 그들은 좀처럼 돌아갈 생각을 하지 않는다 어
쩌면 여기가 내 집이 아닌지도 모른다

열대의 밤

　검은 항아리 머리에 이고 검은 얼굴 여인들 걸어가는 열대의 밤 노란 새들 나무에 앉아 커다랗게 지저귀고 어두운 하늘에 뚱뚱한 구름 흘러가는 밤 하얀 도마뱀들 벽 타고 내려와 바구니의 망고를 갉아먹는 밤 검은 얼굴 여인들 강가 모래밭에 항아리 내려놓고 어두운 강에 들어가 파란 물고기 건져올리는 밤 검은 얼굴 여인들 바오바브나무 아래 항아리 내려놓고 어두운 숲에서 초록 뱀을 잡는 밤 검은 얼굴 여인들 검은 항아리에 파란 물고기와 초록 뱀을 담아 어두운 오솔길 따라 돌아오는 밤 노란 달 공중에 떠올라 뜨겁게 타오르고 검은 바람이 뚱뚱한 구름을 밀고 언덕을 넘어가는 밤 잠 못 드는 내가 도마뱀처럼 벽을 타고 지붕에 올라 뜨거운 달빛 받으며 무화과 열매처럼 검은빛으로 익어가는 밤

비

　비가 내린다 나는 삼층 베란다 의자에 앉아 빗소리를 듣
는다 그러나 빗소리는 이층에서 녹차 마시는 내 귀에도 들
리고 오층에서 음악 듣는 내 귀에도 흘러들어온다 빗줄기는
학교 운동장에 작은 시내를 만든다 운동장에서 놀던 나는
우산을 쓰고 집으로 돌아간다 그러나 우산 없는 나는 비 맞
으며 교문을 나선다 비가 내린다 아침부터 밤까지 어디선가
아카시아 향이 난다 아카시아 향은 왜 밤에만 퍼지는 걸까
이 아득한 겨울 아카시아 향은 어디서 퍼져나오는 걸까 비
가 내린다 먹구름 사이로 간간이 얼굴 내미는 하얀 반달이
보이는 오층 아파트 작은 방에서 나는 비에 젖는 놀이터를
내려다본다 그러나 비에 젖는 놀이터는 이층에서 맥주 마시
는 내 눈에도 보이고 삼층에서 음악 듣는 내 눈에도 보인다
깊은 밤, 빗소리가 우리의 마른 귀를 적셔주는 깊은 밤이다

2부

나선의 마을

구름

구름, 내가 꽃향기 맡으며 계단을 내려갈 때 뒷산을 넘어가던, 구름, 내가 달리는 기차 타고 검은 터널 빠져나올 때 포도밭 위에 떠 있던, 구름, 내가 수초 사이 작은 물고기 구경할 때 저수지 잔물결 위에서 출렁이던, 구름, 내가 참외밭을 지날 때 강 건너 산자락에 걸려 있던, 구름, 미끄럼틀 타던 아이가 엄마 손 잡고 집으로 돌아갈 때 아파트 피뢰침 꼭대기에 걸려 있던, 구름, 내가 구멍 뻥뻥 뚫린 커다란 달을 보며 음악을 들을 때 밤하늘을 횡단하던, 구름

녹색 뱀

내가 어렸을 때 논과 논 사이 물길엔 녹색 뱀들이 가득했지. 길고 가느다란 녹색 뱀들은 징그럽지도 않았고 혀를 날름거리지도 않았고 물속에서 얌전히 놀고 있었지. 논에서 출렁이던 물이 마르는 동안 녹색 뱀 한 마리 사라지고 돌담 아래 웅덩이가 마르는 오후에도 녹색 뱀 한 마리 사라졌지. 나락 자라는 논을 따라 내가 심부름 갈 때도 녹색 뱀 한 마리 사라지고 누나가 피아노 건반을 하나씩 누를 때마다 녹색 뱀들은 한 마리씩 사라져갔지. 마침내 녹색 뱀들은 마치 처음부터 없었던 것처럼 모두 사라져버리고 말았지.

기린

밀밭에서 놀던 기린이 우리집으로 온다 마늘밭 지나고 도
랑 건너 돌무더기와 대밭 사이 좁은 길 따라 우리집으로 온
다 나는 창문을 활짝 열고 긴 목 위에 있는 기린의 얼굴을
본다 참 슬픈 얼굴이다 보리밭에서 놀던 기린이 돌담 사이
좁은 길 따라 우리집으로 온다 대문 앞 텃밭에 외할머니가
심어놓은 고구마를 넝쿨째 뽑아 먹으며 기린이 온다 밭에서
잡초 뽑던 이모가 고개를 들어 슬픈 얼굴의 기린을 올려다
본다 나는 대문을 연다 열린 문틈으로 당근과 가지가 자라
는 비닐하우스가 보인다 비닐하우스 위로 새털구름 흘러간
다 정오가 되면 배고픈 기린들이 우리집으로 몰려온다 굴뚝
에서 모락모락 올라와 구름을 향해 새처럼 가볍게 날아가는
연기를 꿀꺽꿀꺽 삼킨다

알데바란

　아이가 태어나면 목련이 피는 마을에서 그는 태어났다 그가 태어나는 날 황소자리 붉은 별 알데바란이 빛났다 아이가 태어나면 무덤이 생기는 마을에서 그는 살았고 비 내리면 개가 짖는 마을에서 그는 마지막 숨을 거두었다 그가 죽은 이유는 그가 태어났기 때문이다 태어나지 않았더라면 그는 죽지도 않았을 것이다 그가 죽었기 때문에 목련이 활짝 피어났고 하루종일 비가 내렸고 그의 가족들이 커다랗게 흐느껴 울었다

낮잠

내가 창문 활짝 열고 낮잠 잘 때 내 귀는 한여름 토란잎처럼 커다랗게 자란다 내가 코골며 꿈을 꿀 때 내 귀는 고구마 줄기처럼 길게 뻗어나간다 내 귀는 냇가 돌담 옆 민들레로 피어나 검은 염소가 풀 뜯는 소리 듣는다 내 귀는 쇠비름처럼 번지며 돌담 따라 걷는 아이의 낮은 발소리를 듣는다

키 큰 남자는 녹색 장화를 벗어 내 귀가 해바라기처럼 자라는 화단 너머로 던진다 옆집 마당에 핀 안개꽃이 창백한 낮달로 뜬 내 귀를 바라본다 옆집 아가씨가 창밖으로 얼굴을 내밀어 화단의 열대식물을 내려다본다 내 귀는 그녀의 지붕에 앉은 비둘기가 되어 그녀의 콧노래에 맞춰 고개를 흔든다

점점 커지는 내 귀에 흰나비 두 마리 춤추며 내려앉는다 내 귀가 이탈리아 식당 뜨거운 지붕 위에서 화덕의 피자처럼 빨갛게 익어갈 때 나는 식은땀 흘리며 낮잠에서 깨어난다 대문 활짝 열고 밖으로 나가 느티나무에 뜨거운 귀를 붙인다 바람이 분다 내 귀는 느티나무 가득 초록 잎들로 돋아난다

아다지오

늪이 보인다. 빈 항아리 떠 있는 늪이 보인다. 빈 항아리 떠 있는 늪 옆에 기와집이 보인다. 기와집 마당에 누워 있는 사람이 보인다. 연못이 보인다. 아름다운 연꽃 활짝 핀 연못이 보인다. 손님이 온다. 빈 항아리 떠 있는 연못 건너 손님이 온다. 연못을 건너온 손님이 대문을 활짝 연다. 회오리바람이 분다. 손님이 연못을 건너올 때마다 회오리바람이 분다. 구름다리 걸린 긴 연못 건너 손님이 온다. 공중에 나선형 파문을 만드는 회오리바람이 늪에 떠 있는 빈 항아리를 돌린다.

알레그레토

무덤이 보인다. 무덤 옆에 누워 있는 사람이 보인다. 무덤 옆에 누워 있는 사람을 보는 소녀가 보인다. 기와집이 보인다. 기와집 지붕에 누워 있는 소녀가 보인다. 침대가 보인다. 침대에 누워 노래 부르는 소녀가 보인다. 앵두나무가 보인다. 앵두나무가 자꾸 보인다. 앵두나무 잎 떨어진 마당 한쪽 낡은 침대에 누워 노래하는 소녀가 보인다. 항아리가 보인다. 검은 항아리가 보인다. 항아리 조각 잔뜩 깔린 마당에서 노래 부르는 소녀가 보인다.

노랫소리 들린다. 노랫소리 자꾸 들린다. 소녀가 부르는 노랫소리 자꾸 들린다. 대문이 보인다. 활짝 열린 대문이 보인다. 활짝 열린 대문 앞에 서 있는 소녀가 보인다. 무덤 옆에 누워 있던 사람이 활짝 열린 대문 밖으로 걸어나온다. 활짝 열린 대문 밖으로 걸어나온 사람은 활짝 열린 대문 밖으로 걸어나온 사람. 활짝 열린 대문 밖으로 걸어나온 사람은 무덤 옆에 누워 있던 사람. 활짝 열린 대문 앞에 서서 활짝 열린 대문을 보는 소녀는 활짝 열린 대문 앞에 서서 활짝 열린 대문을 보던 소녀.

대문이 열린다. 대문이 닫힌다. 기와집 대문이 열렸다 닫힌다. 소녀가 대문을 볼 때마다 기와집 대문이 활짝 열린다. 대문이 열릴 때마다 앵두나무 그늘에 돋아나는 풀이 보인다. 앵두나무 그늘에 돋는 풀은 앵두나무 그늘에 지금 막 돈는 풀. 앵두나무 그늘에 돈는 풀을 보는 소녀는 앵두나무 그늘에 지금 막 돈는 풀을 보는 소녀. 앵두나무 아래 돈는 풀을 보는 소녀를 볼 때마다 무덤이 보인다. 앵두나무 아래 돈는 풀을 보는 소녀를 볼 때마다 무덤 옆에 누워 있던 사람이 보인다.

대문이 열린다. 열린 대문 사이로 노랫소리 흘러나온다. 항아리 조각 깔린 기와집 마당에서 소녀가 부르던 노래가 흘러나온다. 항아리 조각 잔뜩 깔린 기와집 마당에서 소녀가 부르는 노래는 항아리 조각 잔뜩 깔린 기와집 마당에서 소녀가 부르던 노래. 항아리 조각 잔뜩 깔린 기와집 마당에서 노래하던 소녀가 지금 막 부르는 노래는 항아리 조각 잔뜩 깔린 기와집 마당에서 노래하던 소녀가 지금 막 부르는 노래. 무덤과 기와집과 앵두나무 그늘 위를 나비처럼 흘러다닐 노래.

낮은 담

그의 집은 이상했다. 낮은 담을 다른 집들과 같이 쓰고 있었다. 초록 대문 열고 들어가니 그의 아버지가 마루에 누워 있었다. 내가 목례를 하자 그의 아버지도 가볍게 손을 들어 주었다. 햇빛이 들지 않는 것인지 흐렸던 것인지 몰라도 그의 집은 어둡고 고요했다. 우리는 마루에 누워 영화를 보았다. 자전거 탄 아이들이 바람 부는 언덕을 넘고 작은 다리 건너 서커스를 보러 가는 영화. 화면은 나왔지만 아무 소리도 들리지 않는 영화. 왜 아무 소리도 들리지 않는지 물어도 그는 웃기만 했다. 초록 대문 열어젖히고 자전거 탄 아이들이 들어왔다. 아이들은 마당에 자전거를 세워두고 장독대 옆에 한참 앉아 있었다. 옆집에서 단발 소녀가 걸어나와 마당에 놓인 풍금을 치자 아이들이 벌떡 일어나 손뼉을 쳤다. 그의 집과 같은 담을 쓰는 다른 집에서 사람들이 몰려나왔다. 마루에 앉아 있던 여학생도 담배 피우던 아저씨도 빨래 널던 아가씨도 세수하던 아이도 모두 귀 활짝 열고 행복한 표정을 지었다. 그의 집은 좀 이상한 데가 있었다. 아무리 귀 활짝 열어도 나는 그곳에서 그 어떤 소리도 들을 수 없었다.

겨울

도넛 모양 담배 연기 둥둥 떠다니는 카페에서 오래 소식
없던 친구를 만났다. 그의 막냇동생이 결혼을 한다고 했다.
둘째의 안부를 물었더니 셋째가 걱정이라고 했다. 그가 내
전화번호를 물었다. 우리는 오다가다 만났던 터라 전화번
호 같은 건 몰랐다. 둥근 테이블에 앉아 우리는 녹차를 마셨
다. 여자들 몇이 옆 테이블에서 카드놀이를 했다. 하트 퀸을
쥔 여자가 나에게 목례했다. 나는 유명인사도 아닌데 모르
는 사람이 어떻게 나를 알고 있을까. 스페이드 에이스를 쥔
다른 여자가 내 얼굴을 뚫어져라 바라보고 있었다. 오래전
에 만난 적이 있는 사람이었다. 얼굴이 왜 이리 변했냐고 물
었더니 그녀는 자기를 알아본다고 좋아했다. 친구는 그녀가
자기의 막냇동생이라고 했다. 그녀와 그녀의 언니들과 나는
친구와 함께 건물 밖으로 나왔다. 밖에는 찬바람이 불었다.
첫눈이 내리고 있었다.

기억의 고집

　눈떠보니 내 방이 아니다. 방문을 연다. 복숭아나무 그늘 드리워진 우물 옆에 개줄 찬 사람이 엎드려 있다. 바람이 분다. 아득한 꽃향기 바람 타고 퍼진다. 집으로 돌아가야 하는데 여기는 대체 어딘지 모르겠다. 대문을 여니 들판엔 침대들이 가득하다. 나는 침대가 있는 곳으로 뛰어간다. 도대체 어찌된 일인지 알 수 없어 멍한 표정을 하고 있는데 침대에서 일어난 사람들이 새처럼 하늘로 날아오른다. 나는 날아가는 사람들을 따라 달린다. 들판을 넘자 커다란 빨래 건조장이 보인다. 천둥이 치고 먹구름 몰려오고 비가 내린다. 바람에 펄럭이는 빨래들이 비에 젖는다. 쏟아지는 비를 피해 낯선 집 대문을 열고 들어간다. 복숭아나무 그늘 드리워진 우물 옆에 개줄 찬 사람이 엎드려 있다. 밤은 생각보다 빨리 온다. 주인 없는 빈방에 아무렇게나 쓰러져 나는 또 눈을 감는다.

황사

길가 추어탕집엔 보리수나무가 있다. 보리수나무에 원숭이가 앉아 있다. 잘못 본 건가. 눈 비비고 다시 보니 노란 털의 원숭이도 눈 비비고 나를 내려다본다. 이런 세상에. 우리동네에 원숭이가 있었나. 거참 이상하네. 도대체 어디서 왔을까. 황사로 뿌연 하늘에 회색 구름 걸려 있고 추어탕집 보리수나무에 원숭이가 앉아 있는 조금 낯선 오후. 추어탕집문 열고 나온 주인이 보리수나무 아래 파란 의자에 앉아 담배를 피운다. 오랜만에 오셨네요. 주인이 인사를 한다. 예, 아저씨. 그런데 나무에 원숭이가 있네요. 예? 나무에 원숭이가 있어요? 주인이 보리수나무를 올려다 본다. 거참 이상하네. 원숭이가 왜 나무에 올라가 있나? 주인은 고개를 갸우뚱거리며 피우던 담배를 원숭이에게 건넨다. 원숭이는 작은 손으로 담배를 건네받아 입에 물고 입술을 씰룩이며 뽀끔뽀끔 연기를 빨아들인다. 황사로 뿌연 하늘엔 담배 연기처럼 매캐한 구름 둥둥 떠간다.

나선의 마을

　　붉은 벽돌집과 갈색 지붕들만 있는 마을의 집들은 크기도 비슷하고 창문과 대문도 비슷했다 산책에서 돌아올 때면 길들이 미로처럼 얽히고설켜 나는 같은 길을 맴돌곤 했다 마을회관 창고에서 노란 호박 천천히 말라가는 정오가 지나면 마을 중앙 종탑으로 분홍 비둘기들이 몰려왔다 종탑에서 시끄럽게 울어대는 비둘기들 때문에 마을 사람들의 달팽이관은 조금씩 부어올랐다 비 오는 날이면 버스에서 잘못 내린 사람들이 우산을 쓰고 마을 곳곳을 활보했다 골목을 가득 채운 우산들 때문에 마을에 오래 산 사람들도 종종 길을 잃곤 했다 마을엔 이름이 같은 사람들이 많았다 똑같은 문패 때문에 사람들은 종종 엉뚱한 집으로 들어가곤 했다 수요일 아침이면 나는 마을회관 붉은 벽돌담 옆으로 난 길 따라 산책을 했다 양파 자라는 비닐하우스를 지나가면 붉은 벽돌집에서 닭들이 시끄럽게 울어댔다 산책길에서 나는 가끔 파란 남방 입은 여자와 마주쳤다 어느 날 집에 돌아와보니 그녀가 우리집 소파에 누워 라디오를 듣고 있었다 그녀에게도 가끔 그런 일이 일어난다고 했다 현관문 열고 들어가면 이웃에 사는 늙은 군인이 그녀의 피아노를 치는 날이 있다고 했다 나도 그녀도 늙은 군인도 늙은 군인의 딸과 그녀의 애인도 모두 집을 잘못 찾아와 깜짝 놀랐던 어느 일요일 오후 우리는 모두 사과처럼 붉어진 얼굴로 각자의 집으로 돌아갔다 그런 날에도 하루에 네 번씩 마을 중앙 교차로에서 주황색 군복 입은 군인들이 근무 교대를 했다 밤이면 마을 어디

선가 총소리가 나기도 했지만 해만 지면 마을 사람들은 이
불을 덮고 죽은 사람처럼 잠을 잤다 불빛 하나 없는 밤길을
지나가다보면 가끔 주인 없는 그림자들이 도둑고양이처럼
붉은 벽돌담 주변을 배회했다 마을회관 붉은 담 옆에 줄지
어 서 있던 무화과나무가 모두 잘려나간 어느 날 오후엔 길
잃은 야생 낙타 가족이 나선의 마을로 들어와 마을회관 붉
은 벽돌담을 맴돌곤 했다

연못

강변엔 풀이 무성하고 길 건너 연밭엔 연들이 무섭게 자란
다. 너무도 커다란 초록 잎들과 느닷없이 피는 커다란 연꽃.
눈 깜짝할 사이 피어나는 저토록 괴상한 연꽃. 연꽃이 피자
강변에서 낚시하던 사람 하나 사라진다. 눈앞에서 순식간에
증발한다. 꽃대를 길게 세운 연꽃이 쭉쭉 늘어나 구름을 향
해 뻗어나간다. 연꽃 하나 피면 누군가 사라지고 연꽃 하나
더 피면 누군가 또 사라지는 아주 이상한 계절. 사라진 사람
들은 모두 어디로 갔을까. 무섭게 내리쬐는 햇살에 강변의
풀들이 말라가는 한낮. 길 건너 연밭에서 연들이 무섭게 자
라는 한낮. 연밭을 가득 채운 저 무시무시한 초록 잎들. 진
흙 속에 구멍 뻥뻥 뚫린 뿌리 내리고 연못 물을 빨아들이며
순식간에 자라나는 저 무서운 초록 잎들. 풀밭에 앉아 낚시
하던 사람들이 화들짝 놀란다. 짙은 초록 연잎 번지는 강에
서 커다란 철갑상어가 튀어올라 입을 쩍 벌리고 있다. 연뿌
리 캐던 여자가 고개 들어 공중에 떠 있는 철갑상어를 본다.
어디선가 또 연꽃이 피는지 철갑상어를 바라보던 여자가 흔
적 없이 사라진다. 도대체 어떻게 사람이 이런 식으로 사라
질 수 있는지. 눈앞에서 순식간에 증발할 수 있는지. 아무래
도 이상했던지 풀밭에 누워 있던 검은 소가 벌떡 일어나 좁
은 강변길을 달리기 시작한다. 달리던 소가 갑자기 딱 멈추
더니 꽃대 길게 세운 연꽃이 구름을 향해 쭉쭉 뻗어올라가
는 길 건너 연밭으로 뛰어든다. 연잎을 썰어 삼키던 검은 소
가 연못 속으로 빨려들어간다. 봄도 아니고 여름도 아니고

가을도 아니고 겨울은 더욱 아닌 이토록 이상한 계절. 강물
밖으로 튀어오른 철갑상어가 두 눈 부릅뜨고 애드벌룬처럼
공중에 뜬 채 바람에 흔들리는 아주 이상한 계절.

붉은 기린

검은 나무뿌리 뻗어 내려오는 반지하 연립주택, 진열장 가득한 붉은 포도주, 연립주택 유리창 밖을 흘러가는 붉은 구름들, 붉은 기린 벽지로 장식된 거실에서 붉은 포도주를 마시는 여자들, 떨어지는 해가 하늘을 붉게 물들일 때 벽지에서 빠져나와 연립주택 가득한 거리를 돌아다니는 붉은 기린들, 무희처럼 춤추며 거리를 뛰어다니는 붉은 기린들, 불자동차가 달려와 물을 뿌려도 좀처럼 꺼지지 않는 불처럼 지칠 줄 모르고 뛰어다니는 붉은 기린들, 연립주택 옥상에서 뛰어내리는 붉은 기린들, 연립주택 늘어선 거리를 따라 춤추며 돌아다니는 붉은 기린들, 우두커니 서서 하늘을 바라보다가 미친 듯 뛰어가는 붉은 기린들, 쓰러진 사람들을 밟고 날뛰는 붉은 기린들, 공원 잔디밭을 붉게 적시며 뛰어다니는 붉은 기린들, 아수라장의 마을을 빠져나와 붉은 먼지 일으키며 끝없이 펼쳐진 포도나무숲으로 달려가는 붉은 기린들, 붉은 기린들 지나간 뒤 들판을 횡단하는 파이프가 터지고 파이프에서 새어나온 포도주가 들판의 하얀 꽃들을 적시고, 염소를 구워 먹는 사람들을 향해 달려드는, 붉은 기린들, 포도나무숲 아래로 흐르는 냇물에 흰 돼지들 떠내려오고, 수면을 차고 뛰어오른 커다란 물고기들 흰 돼지들을 삼키고, 야구단 버스가 연립주택 늘어선 거리를 빠져나와 포도나무숲을 지나가고, 포도나무숲 너머 걸린 녹색 무지개 타고 붉은 기린들 구름 위 초원으로 올라가고

기린

　동물원을 빠져나온 기린들이 아스팔트 위를 돌아다녀요.
버스를 따라 뛰어가는 기린도 있고 아파트 옥상에 올라가
둥둥 떠다니는 구름을 구경하는 기린도 있어요. 노란 지붕
이층집 창문에서 흘러나오는 피아노 소리를 듣는 기린도 있
고 하얀 낮달 떠 있는 마을을 찾아 여행을 떠나는 기린도 있
어요. 기찻길을 따라가던 기린들은 포도밭에 들어가 포도를
따먹기도 하고 해바라기밭에 누워 낮잠도 자요. 아침에 일
어나면 골목 여기저기에 기린 발자국들이 가득해요.

3부

기괴한 서커스

염소

골목엔 검은 염소들이 가득해요. 너무 끔찍해요. 너무도 많은 저 검은 염소들, 밤이면 공장에서 솟아오르던 검은 연기처럼 염소 울음소리 밤하늘 가득 퍼져나가요. 검은 염소들이 우리 마을을 쑥대밭으로 만들고 있어요. 염소 오줌 때문에 종일 악취가 풍겨요. 굶주린 염소들이 당신의 숟가락을 갉아먹고 당신의 식탁을 갉아먹고 당신의 손가락까지 갉아먹고 있는데 당신은 아직도 오후의 단잠에서 깨어나지 않고

이상한 마을

그 마을은 이상했다. 사람들은 하나같이 꽃무늬 옷을 입었고 지붕들도 모두 꽃무늬 기와로 덮여 있었다. 안개 낀 아침이면 마을 사람들 몸에 연두색 잎이 돋았고 하얀 꽃이 머리를 뒤덮었다. 그 마을은 이상했다. 벽돌에도 대문에도 대문 앞에 쌓인 연탄재에도 꽃무늬가 가득했다. 바람 불 때마다 꽃무늬들이 공중을 날아다녔다.

그 마을은 이상했다. 누군가 죽을 때마다 눈이 내렸다. 눈 내린 밤마다 보름달이 떠올랐다. 보름달 뜬 밤이면 마을 어귀 아카시아나무에 흰 꽃이 환하게 피어올랐고 온몸 가득 꽃 피운 사람들이 집밖으로 뛰어나와 흰 달이 커다랗게 빛나는 하늘을 날아다녔다. 자세히 보면 달 표면에도 노란 꽃들이 깨알처럼 돋아 있었다.

똑같은 여인숙이 있는 마을

살구나무 아래 파란 지붕 여인숙이 있는 줄은 몰랐네. 여인숙 방문 열고 층층계를 내려가면 눈부신 햇살 쏟아지네. 주위를 둘러보니 마을버스 정류장과 막걸리 팔던 구멍가게는 온데간데없고 나무를 깎아 만든 장승이 끝없이 늘어선 길이 있네. 천하대장군과 지하여장군의 부릅뜬 눈 위로 작은 개미들이 노랑나비와 흰나비를 들고 줄지어 가네. 장승들 늘어선 외길 끝엔 박가네 보신탕이 있고 박가네 보신탕 옆엔 시장 통이 있네. 시장 통엔 오래된 우물이 있네. 빨간 꽃무늬 저고리와 붉은 치마 입은 마을 처녀 둘이 양철 물통이고 우물을 향해 걸어오네. 자세히 보니 그녀들은 똑같은 얼굴이네. 곰곰이 생각해보니 그녀들은 쌍둥이네. 하얀 개 늘어져 자는 우물 주위엔 솔이끼 가득하네. 쌍둥이 처녀가 두레박을 내려 차례로 물을 길어올리네.

우물 옆엔 작은 시내가 흘러가고 물풀 사이로 검은 매기들이 돌아다니네. 동네 아이들 구슬치기 하는 다리 옆엔 물풀 가득한 시내가 있고 다리 건너편엔 살구나무들이 줄지어 서 있네. 살구꽃 향기 퍼지는 길가엔 파란 지붕 여인숙이 있네. 여인숙 슬레이트 지붕에 채송화가 피어 있네. 여인숙 문을 열고 긴 머리 묶은 여자들이 쏟아져나오네. 자세히 보니 그녀들은 내가 짝사랑하던 여자들을 닮았네. 하나같이 까무잡잡한 얼굴들이네. 나는 왜 까무잡잡한 얼굴의 여자들만 좋아했을까. 생각하고 또 생각하는 동안 여자들은 길가의 장승을 뽑아 들고 박가네 보신탕 안으로 들어가네. 박가네 보신탕 대문이 활짝 열리고 검은 관들이 나오네. 여자들이 삽을 들고 박가네 보신탕 앞에 구덩이를 파네. 박가네 보신탕 앞에 새 우물이 생기네.

　새로 판 우물 옆에 장승을 세워두고 여자들은 시장 통으로 사라지네. 박가네 보신탕에서 커다란 벽시계를 든 처녀가 걸어나오네. 그녀의 소복이 바람에 펄럭이네. 그녀는 시계를 들고 살구나무 아래에서 장기 두는 사람들을 스쳐지나가네. 째깍째깍 시계 소리 들으며 나는 그녀를 따라 좁은 골목을 돌아가네. 골목 끝 목재소 앞에 벽시계를 세워두고 그녀는 이마에 흐르는 땀을 닦네. 목재소 앞엔 선인장 화분이 가득하네. 노란꽃 핀 선인장에서 짙은 향기 퍼져나오네. 나는 벽시계 옆에 우두커니 서서 담배를 피워 무네. 내가 피워올린 담배 연기들 구름을 향해 재빨리 올라가네. 그녀는 벽시계를 만지작거리며 우두커니 나를 쳐다보네. 나도 두 눈을 똑바로 뜨고 그녀를 바라보네. 낯익은 얼굴이지만 아무리 생각해도 누군지 알 수가 없네.

선인장

그녀는 선인장 화분을 들고 뚜벅뚜벅 걸어갑니다. 담쟁이 얽힌 돌담집 대문을 열고 마당에 구덩이를 팝니다. 그녀는 구덩이에 선인장을 심고 모래로 덮어줍니다. 그녀는 다시 목재소로 가서 선인장 화분을 듭니다. 나도 선인장 화분을 들고 그녀를 따라 돌담집으로 갑니다. 그녀는 다시 구덩이를 파고 선인장을 심습니다. 우리가 다시 목재소로 가는 동안 까무잡잡한 얼굴의 여자들이 커다란 장승을 들고 돌담집으로 들어옵니다. 검은 관을 든 사람들이 따라 들어와 구덩이를 팝니다. 검은 관들을 구덩이 속에 밀어넣고 무덤 앞에 커다란 장승을 세우고 장승 옆에 다시 구덩이를 팝니다. 그동안 그녀와 나는 목재소에서 끌고 나온 수레에 선인장 화분들을 싣습니다. 나는 목재소 벽에 세워둔 괘종시계를 들고 그녀가 끄는 수레를 따라갑니다. 돌담에 앉아 볕 쬐던 새들이 그녀가 끄는 수레를 따라옵니다. 돌담집 안으로 들어가자 삽을 든 사람들이 우리를 에워쌉니다. 까무잡잡한 얼굴의 여자들이 삽을 휘두르며 그녀를 향해 달려갑니다. 삽날 부딪히는 소리와 비명 소리가 마당 가득 퍼지는 동안 나는 삽으로 구덩이를 파고 수레에 싣고 온 선인장들을 심습니다.

노랫소리

노란 꽃 핀 선인장 옆에 앉아 있으니 노랫소리 들려옵니다. 나는 노랫소리 들리는 쪽으로 걸어갑니다. 똑같은 여인숙이 있는 마을을 지나고 모래 언덕을 넘으니 다시 똑같은 여인숙이 있는 마을이 나옵니다. 마을을 지나니 또 모래 언덕이 나옵니다. 노랫소리는 점점 커집니다. 다시, 모래 언덕을 넘자 녹슨 장갑차들이 보입니다. 장갑차 옆엔 해골들이 흩어져 있습니다. 갑자기 노랫소리가 뚝 그칩니다. 장갑차 안에서 아이들이 뛰어나옵니다. 아이들은 해골을 축구공처럼 뻥뻥 차며 깔깔깔 웃습니다. 하늘 높이 솟아오른 축구공들은 좀처럼 떨어질 줄 모릅니다. 아이들은 축구공을 잡으러 공중으로 뛰어올라 구름 뚫고 멀리 날아갑니다. 녹슨 장갑차 주위엔 오래된 총과 수통과 야전삽과 철모와 군화 들이 흩어져 있습니다. 철모를 툭 차자 군번줄 하나 보입니다. 구름 위로 날아갔던 아이들이 비명을 지르며 땅으로 내려옵니다. 고개 들어 하늘을 보니 커다란 관을 멘 여자들이 날아다니고 있습니다. 하늘에서 내려온 아이들이 장갑차 안으로 뛰어들어가 관을 멘 여자들을 향해 사격을 시작합니다. 여자들은 공중에서 방향을 틀어 똑같은 여인숙이 있는 마을 쪽으로 날아가며 노래를 부릅니다. 아이들은 장갑차를 몰고 몽롱한 노랫소리를 쫓아갑니다. 나는 장갑차를 따라 모래 언덕을 넘어 똑같은 여인숙이 있는 마을을 지나갑니다. 모래바람이 붑니다. 장갑차들이 모래바람 속으로 사라집니다.

기괴한 서커스 1

  서커스단이 마을에 왔어요. 마을 사람들이 구름처럼 모여
들었어요. 얼룩말 탄 난쟁이가 입에서 불을 뿜는 동안 소녀
는 접시를 돌리며 외발자전거를 탔어요. 그녀가 돌리던 접
시 하나가 비행접시처럼 날아가 공중그네 타던 소녀의 이마
를 때렸어요. 소녀의 이마에서 붉은 피가 흘러내렸어요. 소
녀는 그네 줄을 놓쳤고 바닥에 떨어져 목뼈가 부러졌어요.
광대들이 그녀를 무대 뒤로 옮겼지만 그녀의 머리통은 무
대 위를 데굴데굴 굴러다녔어요. 얼룩말이 그녀의 머리통을
뻥 찼어요. 머리통은 벽에 부딪쳤고 빠져나온 눈알이 구슬
처럼 굴렀어요. 재주넘던 광대 하나가 눈알을 밟고 미끄러
졌어요. 모든 것이 순식간에 일어난 일이었어요. 관객들은
웃을 수도 울 수도 없었어요. 서로 눈치만 살폈어요. 갑자기
관객 하나가 벌떡 일어나 깔깔깔 웃으며 박수를 쳤어요. 나
머지 관객들도 덩달아 박수를 치며 휘파람을 불었어요. 화
가 난 광대들이 야구방망이를 들고 관중석으로 내려가 사람
들을 두들겨 패기 시작했어요. 관객들의 팔다리가 부러지고
머리통이 수박처럼 터졌어요. 장내는 순식간에 아수라장으
로 변했지요. 피 냄새가 코를 찔렀어요. 사람들이 썰물처럼
빠져나간 빈 공간엔 서커스 음악만 기괴하게 울려퍼졌어요.

기괴한 서커스 2

　조용하던 경찰서에 비상이 걸렸어요. 담배 피우던 경찰도 바둑 두던 경찰도 짬뽕 먹던 경찰도 모두 벌떡 일어나 서커스장으로 출동했어요. 서커스장은 불타고 있었어요. 요란한 소리를 내며 몰려든 소방차들이 불을 끄고 있었어요. 공터엔 오와 열을 맞춘 시체들이 가득했어요. 어른, 아이, 광대도 있었고 머리 없는 소녀도 있었어요. 방송국과 신문사에서 기자들이 벌떼처럼 몰려왔어요. 취재하는 기자들과 막으려는 경찰들 사이에 몸싸움이 벌어졌어요. 경찰이 기자의 멱살을 잡고 흔들자 기자가 주먹을 불끈 쥐고 경찰의 얼굴을 후려쳤어요. 경찰의 이빨이 석류 알처럼 떨어져내렸어요. 경찰들이 기자를 닭장차 안으로 끌고 간 뒤에 싸움은 더 격해졌어요. 소방관들이 싸움을 말려보았지만 소용없었어요. 마을 사람들이 다시 벌떼처럼 모여들었어요. 공터는 순식간에 아수라장이 되었어요. 그사이 서커스단은 얼룩말과 사자를 트럭에 싣고 사건 현장을 유유히 빠져나갔어요. 소방관들이 물대포를 쏘고 나서야 싸움이 그쳤지만 공터에 늘어선 시체들 옆에 시체들이 더해졌어요. 기자도 있었고 경찰도 있었고 싸움을 구경하던 마을 사람들도 있었어요.

기괴한 서커스 3

마을 사람들이 서커스를 보러 온다. 이미 다 알고 있는 레퍼토리지만 그래도 온다. 서커스는 예정된 시간에 시작될 것이고 예고 없이 끝날 것이다. 그건 마을 사람들도 잘 알고 있다. 어차피 이번이 처음은 아니니까. 경찰들도 피우던 담배를 끄고 시켜 먹던 짬뽕을 내버려둔 채 헐레벌떡 현장으로 출동해야 한다는 것을 안다. 소방관들도 잠시 후 불자동차를 타고 와야 한다는 것을 안다. 어차피 이번이 처음이 아니지 않은가. 잠시 후 기괴한 서커스가 시작될 것이다. 뻔한 레퍼토리지만 마을 사람들은 구경을 온다. 야구방망이에 맞아 죽고 불에 타 죽을 줄 알면서도 그들은 온다. 접시 돌리는 소녀가 등장하면 공연은 절정에 도달한다. 기괴한 서커스 음악이 흐르면 그녀는 녹색 치마를 입고 나타나 접시를 돌리기 시작할 것이고 장내는 순식간에 아수라장이 될 것이다. 서커스는 예정된 시간에 시작되고 예고 없이 끝날 것이다. 누구나 다 알고 있는 사실이지만.

기괴한 서커스 4

한동안 뉴스는 온통 서커스단 사건만 보도했다. 다른 사
건도 많았는데 왜 온통 이 사건으로 도배를 하는지 알 수는
없다. 사건이 일어난 지 한 달이 넘었지만 서커스단의 정체
는 밝혀지지 않았다. 죽은 사람만 이백 명이 넘을 거라는 소
문이 돌았다. 서커스단 사건은 영화로도 만들어져 기괴한
서커스라는 이름표를 달고 상영되었다. 사건은 접시 돌리던
소녀의 사소한 실수에서 시작된다. 소녀가 돌리던 접시 하
나가 비행접시처럼 날아가 공중그네 타던 소녀의 이마를 때
린다. 소녀는 줄을 놓치고 바닥에 떨어진다. 목뼈가 부러지
고 머리통이 몸에서 떨어진다.

재주넘던 광대가 머리통에서 떨어져나온 눈알을 밟고 미
끄러진다. 눈치 없는 관객들이 깔깔깔 웃으며 박수를 친다.
여기저기서 휘파람소리도 들린다. 화가 난 피에로들이 무대
에서 내려와 야구방망이를 휘두르며 관객들을 두들겨 패기
시작한다. 잠시 후 원인 불명의 불이 나 관객들과 서커스단
단원들이 불에 타 죽는다. 출동한 경찰과 취재 나온 기자들
사이에 싸움이 벌어진다. 소방관들이 물대포를 쏘며 싸움을
말린다. 경찰과 기자, 싸움 구경하던 마을 사람들이 영문도
모른 채 죽어나간다.

극장은 연일 관중으로 미어터졌다. 동명의 서커스단도 만
들어졌다. 영화 속에서 접시 돌리던 소녀가 서커스에 참여

했다. 공연이 시작되면 그녀는 영화에서 입었던 녹색 옷을 입고 외발자전거를 타며 접시를 돌릴 것이다. 누구나 다 알고 있는 사실이지만. 그녀가 돌리던 접시가 비행접시처럼 날아가 공중그네 타는 소녀의 이마를 맞힐 것이다. 소녀의 이마에서 붉은 피가 흘러내리고 그녀의 몸이 바닥으로 툭 떨어질 것이다.

누군가 벌떡 일어나 깔깔 웃으며 박수를 치면 눈치 없는 관객들도 덩달아 환호할 것이다. 화가 난 피에로들이 야구방망이를 들고 내려와 관객들을 개처럼 두들겨 팰 것이다. 관객들의 팔다리가 부러지고 머리통이 터지면 누군가 피우던 담배를 던지고 아수라장이 된 장내를 빠져나갈 것이다. 잠시 후 요란한 소리를 내며 불자동차가 달려올 것이다. 경찰과 기자들이 몰려와 난장판이 벌어질 것이다. 그사이 서커스단은 얼룩말과 사자를 트럭에 싣고 유유히 현장을 빠져나가야 한다. 그들에게 다른 선택은 없다. 누구나 다 알고 있는 사실이지만.

겨울

눈이 내려 집과 놀이터와 골목을 덮었다. 숨쉴 때마다 몸
속으로 들어오는 냉기 때문에 우리는 모두 병원에 갔다. 검
은 고양이가 눈을 밟고 돌아다니는 병원은 이상하리만치 조
용했다. 어디선가 개 짖는 소리가 들렸다. 다시 눈이 내렸
다. 배드민턴 치던 사람들이 건물 안으로 뛰어가는 동안 우
리는 나비처럼 춤추며 떨어지는 눈을 맞고 있었다. 눈은 줄
기차게 쏟아져내렸다. 내리는 눈을 맞으며 의사를 기다렸지
만 빌어먹을 눈 때문에 의사들은 오지 않았다. 우리는 모두
의자에 웅크린 채 잠이 들었다. 잠결에 들리는 발소리에 눈
을 떠보니 하얀 염소들이 눈 위를 뛰어다니고 있었다. 눈은
펑펑 내리고 찬바람 쌩쌩 불고 있었다.

유령의 세계

고속버스가 휴게소에 멈추고 그는 담배를 피운다. 겨울 강 위엔 얼음이 얼어 있고 얼음장 옆으로 파랗게 물이 흘러간다. 갑자기 그녀 생각이 나서 전화를 걸지만 그녀의 목소리는 밝지도 명랑하지도 않다. 그는 슬프다. 생각에 잠겨 이리저리 발걸음을 옮기는 동안 그는 발을 헛디뎌 깊은 강 속으로 떨어진다. 그의 영혼이 육체에서 빠져나와 강물과 함께 흘러가는 동안 강변 휴게소엔 유령들이 돌아다닌다. 검은 옷을 입은 텅 빈 육체, 햇살이 내리면 곰팡이 가득한 그들의 얼굴이 입술과 목 가슴과 어깨가 적나라하게 드러난다. 햇살 아래 드러나는 텅 빈 육체들, 유령들이란 그런 것이다.

벌목

집 뒤 숲에서 나무 베는 소리 들린다. 아침부터 까마귀 울고 개도 짖는다. 까마귀 우는 소리와 개 짖는 소리 몽롱한 음악처럼 들려온다. 까마귀 울자 개 짖는 건지 개가 짖자 까마귀 우는 건지 나는 모른다. 다시 개 짖는 소리 들린다. 멀리서도 들리고 가까이서도 들린다. 마을 곳곳에서 개들이 컹컹 짖어댄다. 어디선가 아이가 운다. 잠에서 막 깨어났는지 큰 소리로 운다. 아이 달래는 엄마 목소리 자장가처럼 들려온다. 까마귀가 운다. 가까이서도 울고 멀리서도 운다. 나무에 앉아 울고 공중을 날아가며 운다. 얼마나 많은 까마귀들이 숲에 사는 걸까? 컹컹 개 짖는 소리 한낮의 고요를 깨며 퍼져나간다. 숲의 나무들이 자꾸 쓰러진다.

보름

달밤이면 논에서 개구리 운다. 개구리 울음소리에 자다 일어난 개도 짖기 시작한다. 컹 컹 컹 컹 개 짖는 소리 밤하늘 가득 퍼진다. 개 짖는 소리에도 아랑곳없이 달은 둥둥 떠다니고 쏟아지는 달빛 받으며 파란 새들 공중을 날아다닌다. 달밤이다. 달은 아무도 없는 집에서 텔레비전 보는 아이를 환하게 비춘다. 달빛에 홀린 아이가 방문을 열고 마당으로 뛰어나와 개처럼 짖기 시작한다. 컹 컹 컹 컹 컹 컹 컹 컹 마을의 개들도 일제히 짖기 시작한다. 보름달 떠다니는 밤하늘 가득 개 짖는 소리 유령처럼 떠돌아다닌다.

거미와 나

우리집엔 귀가 넷 달린 거미가 산다. 내가 소파에 누워 책을 읽는 동안 배고픈 거미는 내 발톱을 갉아먹고 조금씩 살이 오른다. 내가 낮잠을 자면 거미도 내 귓속에서 낮잠을 자고 내가 노란 꽃 활짝 핀 해변을 거닐면 거미도 내 귓속에 누워 꿈을 꾼다. 어두운 부엌에서 늦은 저녁을 먹는 동안 거미는 줄을 타고 내려와 내 발가락을 갉아먹는다. 봄이 와서 마당 가득 분홍빛 모란이 피면 거미는 집 곳곳에 투명한 집을 짓는다. 벌레들의 무덤을 만든다. 우리집엔 귀가 넷 달린 거미가 산다. 초승달 뜬 하늘에 하얀 별 총총 박힌 어둡고 깊은 밤 거미는 네 귀를 쫑긋 세우고 내 귓속에 하얀 알을 낳는다. 여름이면 새로 태어난 거미들이 집 곳곳을 기어다닌다. 귀가 넷 달린 수백 마리 회색 거미들. 내 살을 파먹고 통통하게 살이 오를 작은 거미들. 장마가 지나가면 거미들은 투명한 줄을 타고 논다. 습하고 무더운 날이 계속된다. 거미는 내 살을 갉아먹으며 무럭무럭 자라고 나는 빨랫줄에 걸린 생선처럼 조금씩 야위어간다.

아득한 거리

강변으로 내려가는 계단 소나무 아래 버려진 풍금. 누가 풍금을 소나무 아래 버려놓았나. 지독하게 쏟아지는 햇살 피해 소나무 그늘에 서서 강을 바라보네. 구름이 지나가는지 사방이 그늘로 덮이네. 강변도로로 양파 실은 트럭이 지나가네. 트럭이 지나가자 사방이 고요해지고 풀벌레 소리 시끄럽게 들려오네. 하늘엔 하얀 구름, 하얀 구름 떠 있고 강 건너 공장 지붕 뒤로 키 큰 느티나무 두 그루. 풍금과 소나무 사이에 서서 나는 강 건너편을 바라보네. 공장 옆 숲의 느티나무들 폭염을 묵묵히 견디며 서 있네. 느티나무 아래서 누군가 이편을 쳐다보네. 소나무 아래 버려진 풍금 옆에서 강 건너 숲을 보는 나를 아득히 바라보네.

4부
내가 그린 그림들

백합

어둠 속에서 누군가 울고 있을 때 그녀는 빵을 굽고 있었다. 공중전화 부스 뒤로 자전거가 지나가고 있었다. 고요하게 잎 틔우는 가로수들 사이에서, 주황색 불빛이 닿을락 말락한 어두운 공원에서 누군가 울고 있었다. 낮은 소리로 누군가 노래를 부르고 있었다. 어둠 속에서 꽃향기가 퍼지고 있었다. 그녀는 빵을 굽다 말고 창밖 어둠을 내려다보았다. 어둠 속에 누군가 있는 것 같았다. 공원 빈 의자에 앉아 누군가 흐느끼는 것 같았다. 어둠 속으로 비행기가 날아가고 있었다. 비행기 굉음이 공원 의자에 앉아 우는 사람을 흔들고 있었다. 어두운 공원 한쪽에서 고요히 백합이 피고 있었다. 빵 냄새 풍기는 골목 어두운 공원에서 빵 냄새 맡으며 백합이 피어나고 있었다. 빵집이 있는 골목엔 약국이 있고 약국 옆엔 병원이 있고 병원 옆엔 공터가 있고 공터엔 버려진 자전거가 있고 어둠 속에선 누군가 울고 있었다. 그녀가 빵을 굽다 말고 창문을 열자 약국과 병원과 공터를 따라 빵 냄새가 퍼져나갔다. 빵 냄새가 어둠을 조금씩 몰아내는 새벽. 공원엔 백합이 피어 있었다. 누군가 부르던 노래가 공중에 둥둥 떠 있었다.

외발자전거

    외발자전거 탄 외눈박이들 도로를 질주한다. 휘청거리는 외발자전거에서 금방이라도 떨어질 것 같은 외눈박이들처럼 하늘엔 양털구름 흔들리며 흘러가고. 도로가 내려다보이는 빌딩 유리창엔 외발자전거와 외눈박이들을 바라보는 사람들이 가득하다. 외발자전거는 사거리 지나 시멘트 다리를 건너고 파란 새들은 파란 눈 반짝이며 외발자전거를 따라 날아간다. 언덕 너머에서 검은 개들이 컹 컹 컹 짖어대며 달려온다. 언덕에 누워 일광욕하던 사람들이 깜짝 놀라 뿔뿔이 흩어진다. 거친 숨 몰아쉬며 외눈박이 개들이 언덕을 넘을 때 외발자전거들이 언덕 위로 아슬아슬 날아오른다. 가난한 사람들 모여 사는 낡은 지붕 넘어 노란 꽃 피어나는 개나리 울타리 넘어 성난 개들 컹 컹 컹 짖어대는 언덕을 넘어 외발자전거가 날아간다. 높은 빌딩 유리창엔 하늘에 뜬 외발자전거를 보는 사람들의 반짝이는 눈동자들. 그들이 서 있는 빌딩 유리창 밖으로 하얀 양털구름 거센 바람에 흔들리며 휘청휘청 흘러간다.

눈

하루종일 이것저것 보느라 눈은 피곤하다 가파른 계단을 내려가며 일렬로 늘어선 맥주병을 보는 것도 그렇고 공장 굴뚝 가득한 거리를 걸으며 떨어지는 낙엽을 보는 것도 그렇다 가끔 눈에 핏발이 선다 안과가 있는 길모퉁이 거울가게 앞에서 거울에 비친 내 모습을 본다 이 골목을 지나간 사람들은 가끔 이곳에 서서 거울에 비친 자신을 보았으리라 그런데 거울을 보던 사람들은 다 어디로 가버리고 거울만 외롭게 남아 있는 걸까 거울가게를 지키던 갈색 머리 아가씨는 어디로 가버리고 크고 작은 거울들만 가게를 지키고 있는 걸까 거울가게 앞에서 붕어빵 팔던 남자는 어디로 가버리고 그의 붕어빵 기계만 덩그러니 남아 있는 걸까 하루종일 이것저것 보느라 눈은 피곤하다 마을회관에서 펄럭이는 깃발을 보는 것도 그렇고 해변을 따라 걸으며 밀려오는 파도를 보는 것도 그렇다 백사장에 드러누워 생각에 잠긴다 맨발로 해변을 느릿느릿 걷던 사람들은 모두 어디로 가버리고 빨간 게들만 툭 튀어나온 눈을 껌뻑이며 해변을 돌아다니는 걸까 하루종일 이것저것 보느라 눈은 피곤하다 충혈된 눈 비비며 악기점에 들어가 기타 줄을 튕겨본다 악기점 가득 기타 소리 울려퍼지는데 악기점 주인은 어디로 가버린 걸까 악기점 앞 건널목에서 신호를 기다리던 사람들은 모두 어디로 가버린 걸까 그 많던 사람들은 다 어디로 가버리고 주인 없는 고양이들만 도로 위를 돌아다니는 걸까 하루종일 이것저것 보느라 눈은 피곤하다 무화과나무를 타고 올

라가는 개미떼를 보는 것도 그렇고 육지와 섬을 잇는 다리
기둥을 돌아다니는 갑충들을 보는 것도 그렇다 공원 미끄럼
틀 난간에 앉아 있는 비둘기를 보는 것도 그렇고 연못을 헤
엄치는 초록 물고기를 보는 것도 그렇다 충혈된 눈을 비비
며 다시 걷는다 하루종일 이것저것 보느라 눈은 피곤하다

내가 그린 그림들

파란 소파에 앉아 눈 내리는 거리를 보고 있지만 눈 내리는 거리엔 아무도 없네요. 거꾸로 매달린 남자와 여자도 내가 그린 그림 속에서 창밖을 내다보던 남자의 작은 방 파란 벽에 걸린 그림 속에만 있네요. 그림 속엔 아무도 없네요. 오래전에 내가 그린 남자의 그림자만 있네요. 오래전에 내가 그린 남자는 어디로 가버리고 그의 그림자만 말라 죽은 벌레와 함께 파란색 벽지에 눌러붙어 있는 걸까요. 그림 속엔 아무도 없네요. 눈 내리는 거리만 있네요.

그녀가 그린 그림들

그녀가 거꾸로 매달린 남자와 여자를 그리는 동안 나는 음악을 들었어요. 그녀가 피뢰침 가득한 들판을 그리는 동안 천둥이 쳤고 벼락이 떨어졌어요. 날은 흐리고 습했지만 갑자기 천둥이 칠 줄은 몰랐지요. 그녀가 그림을 그리는 동안 나는 음악만 듣고 있었어요.

그녀가 그린 눈 내리는 거리는 내가 그린 그림 속에 있어요. 그녀는 내 그림 속에 있지요. 그녀는 내 그림 속에서 그녀의 그림을 그려요. 그녀가 그린 그림엔 피뢰침이 있고 피뢰침 꼭대기엔 팔 없는 여자가 다리 없는 남자와 함께 거꾸로 걸려 있어요.

건물 꼭대기마다 피뢰침이 길게 솟아 있는 내 그림에는 작은 인형을 든 유령들이 걸어다니고 있어요. 그들은 내가 그린 그림 속 파란 의자에 앉아 눈 내리는 거리를 바라보기도 하고 거꾸로 매달린 남자와 여자를 그리는 내 그림 속 그녀를 우두커니 바라보기도 하지요.

그림 벽지로 도배된 방

　나는 그림을 그린다. 크고 작은 그림 벽지로 도배된 방을 그린다. 그림 벽지로 도배된 방 식탁 앞에서 밥 먹는 여자를 그린다. 그녀는 밥을 먹다 말고 벽지의 그림들을 본다. 그녀의 시선은 검은 잠자리들이 날아다니는 그림에 고정된다. 냇가를 날아다니는 잠자리는 눈이며 날개 꼬리까지 온통 검은빛이다. 잠자리는 날렵한 몸매를 자랑하며 두세 마리씩 짝지어 커다란 후박나무가 그늘을 드리운 냇가에서 날개를 젓는다. 그녀는 다시 밥을 먹는다. 나는 그녀가 앉은 의자에 검은 잠자리들을 그려 넣는다. 검은 체크무늬 식탁보 위에도 검은 꽃병 두 개를 그려 넣는다. 큰 꽃병엔 후박꽃 두 송이를 작은 꽃병엔 검은 잠자리 세 마리를 그려 넣는다. 내가 그림을 그리는 동안에도 그녀는 자꾸 벽지에 그려진 그림을 본다. 그녀는 내가 그려놓은 그림에 관심이 많은 모양이다. 밥을 먹다 말고 그녀는 숟가락을 놓는다. 그림 벽지에 내가 그려놓은 녹색 대문을 열고 그녀는 그림 속으로 들어간다. 검은 잠자리들이 그녀의 머리 위를 맴돌며 천천히 날개를 젓는다. 나는 그림들로 도배된 방안 식탁 앞에 나무의자 하나를 새로 그린다. 밥을 먹는 창백한 얼굴의 여자를 다시 그려 넣는다. 벽에 걸린 거울에 비친 크고 작은 꽃병 두 개를 그려 넣는다. 검은 잠자리 날아다니는 냇가를 돌아다니는 창백한 여자의 얼굴을 내 그림 속 작은 거울에 그려 넣는다. 그녀는 그림 속으로 들어가 나올 생각을 하지 않는다. 새로 그려 넣은 여자는 밥을 먹다 말고 강가 돌밭에 드리워진 꽃나무 그늘에서 하얀 고양이 세 마리가 잠자는 그림을 본다. 그녀는 고개를 돌려 파란 조약돌 빛나는 외딴 강가에서 꾸벅꾸벅 조는 하얀 고양이 머리를 쓰다듬으며 꽃나무에서 졸고 있는 또다른 고양이를 바라보는 창백한 얼굴의 여자가 그려진 그림을 본다. 그녀는 창백한 얼굴의 여자가 흐르는 물에 발 담그고 물속을 돌아다니는 파란 물고기들을 바라보는 그림을 본다. 그녀의 머리 위에 내가 그려 넣은 검은 잠자리들을 본다. 그녀는 고개를 돌려 벽에 걸린 그림을 바라보는 창백한 얼굴의 여자가 있는 그림을 본다. 그녀는 깜짝 놀란다. 그림 속의 여자는 그녀와 똑같은 얼굴이다. 그녀는 숟가락을 놓고 의자에서 일어나 내가 그린 그림 속으로 들어간다. 나는 그림 벽지를 비추는 여러 개의 거울들을 차례로 그려 넣는다. 창백한 얼굴의 여자가 밥 먹다 말고 그림 벽지에 그려진 그림을 바라보다가 마침내 내가 그린 그림 속으로 들어가는 그림을 그림 벽지로 도배된 방에 걸린 거울 위에 하나씩 그려 넣는다. 그림 속으로 들어간 창백한 얼굴의 여자들이 식은땀을 흘리며 냇가를 벗어날 때까지 검은 잠자리들이 이상한 춤을 멈추지 않는 그림을 그려 넣는다. 나는 식탁 앞에 앉아 밥을 먹는 창백한 얼굴의 여자를 그림 벽지로 도배된 방안에 다시 그려 넣는다. 밥을 먹던 여자는 고개를 들어 검은 잠자리들을 올려다보는 창백한 얼굴의 여자가 있는 그림을 본다. 어쩜 저토록 검은빛일까. 여자는 그토록 짙은 검은빛을 본 적이 없다. 여자는 보리밭 따

라 불어온 미지근한 바람 타고 검은 잠자리들이 죽음의 사
자처럼 몰려오는 것을 멍하니 쳐다본다.

아코디언

그는 다리 밑에서 아코디언을 연주했다. 비 내리는 날에
도 바람 부는 날에도 아코디언을 연주했다. 비 갠 하늘을 참
새들이 날아다녀도 그는 아코디언을 연주했다. 아이들이 학
교 갈 때에도 그는 아코디언을 연주했다. 흰 눈 펑펑 쏟아지
는 오후에도 박쥐들 날아다니는 저녁에도 그는 아코디언을
연주했다. 매서운 바람에 기둥을 타고 오르는 담쟁이 잎들
떨어져내리는 날에도 천둥치고 벼락 떨어지는 날에도 그는
아코디언을 연주했다. 아코디언 소리는 다리를 건너고 강
을 건너 노란 별 빛나는 밤하늘까지 멀리멀리 퍼져나갔다.

그녀는 다리를 받치는 기둥 앞에 앉아 주름상자에서 쏟아
져나오는 신비로운 음악을 들었다. 술 취한 사람이 큰 소리
로 노래 부르는 밤에도 돌풍이 불어 교각이 덜컥거리는 아
침에도 그녀는 아코디언 연주를 들었다. 그녀는 아코디언
소리를 사랑했다. 그가 죽고 공원묘지에 묻히자 그녀는 다
리 밑에서 그의 낡은 아코디언을 연주했다. 비 내리는 날에
도 바람 부는 날에도. 그녀는 아코디언을 연주했다. 아코디
언 소리는 다리를 건너고 강을 건너 노란 별 빛나는 밤하늘
까지 멀리멀리 퍼져나갔다.

피아니스트

　부엉이 울음소리 들리는 집에 혼자 살던 사람. 검은 뚜껑을 열고 피아노 현들을 하프처럼 훑던 사람. 이웃들이 출근 준비로 바쁜 아침에 꽃무늬 이불 덮고 잠을 청하던 사람. 해가 중천에 뜨면 기지개 켜고 일어나 피아노 건반을 천천히 누르던 사람. 피아노 현에서 퍼지는 소리를 들으며 금빛 물고기 헤엄치는 호수를 꿈꾸던 사람. 잘못 걸려온 전화벨 소리에 늦잠에서 깨어나 천천히 세수를 하던 사람. 잘못 찾아온 피자 배달원 외엔 찾아온 사람 하나 없는 외딴집에 혼자 살던 사람. 떨어진 라면을 사러 가게에 갔다가 담배만 사고 돌아오던 사람. 늦은 저녁을 먹으며 라디오를 듣던 사람. 이웃들 모두 잠든 새벽에 건반을 누르며 둥근 종소리를 만들어내던 사람. 부엉이 울음소리 끊어진 고요한 밤 주차장에 세워둔 낡은 자동차를 몰고 나와 빵집 앞 교차로에서 신호를 기다리던 사람. 낡은 자동차 몰고 바람처럼 사라져버린 사람.

안개

　그녀는 말없이 창가에 앉아 있다. 창밖에 안개가 끼기 시작한다. 키 큰 나무들이 조금씩 안개에 젖는다. 그녀는 그에게 짧은 인사를 한다. 그는 안개에 묻히는 창밖의 골목과 골목 위의 지붕과 지붕 위의 둥근 안테나들을 바라본다. 그녀가 문을 닫고 나간다. 그녀가 안개 속으로 사라진다. 그는 운다. 바람이 유리창을 흔들어댈 때마다 때 묻은 커튼이 펄럭거린다. 바다에서 낮은 뱃고동 소리 자욱한 안개를 뚫고 들려온다. 그는 오선지 위에 안개를 뚫고 들려오는 뱃고동 소리를 옮긴다. 점점 멀어지는 그녀의 발소리를 새긴다. 그녀가 둥근 안테나 가득한 골목을 지날 때 지붕 위의 새들이 안테나 위로 뛰어올라 그녀의 발소리에 귀를 기울인다. 또각또각 구둣발 소리 안개 속으로 사라진다. 그는 피아노 뚜껑을 열고 오선지 위의 음표에 맞춰 천천히 건반을 누른다. 피아노 소리가 점점 작아진다. 그녀의 발소리도 안개 속으로 잦아든다.

초록 도마뱀의 밤

초록 도마뱀 붙어 있는 나무의자에 어둠이 내리고 있다. 칠 벗겨진 건물들 늘어선 거리. 초록 도마뱀이 낙엽처럼 붙어 있는 의자에 앉아 달을 본다. 바람은 불지만 땀 줄줄 흘러내리는 여름 저녁. 무성한 은행나무에 웬 도마뱀들 저토록 따닥따닥 붙어 있나. 여름이면 초록 도마뱀들 떼 지어 출몰하는 변두리 골목 주황빛 가로등 아래로 오토바이가 지나가고 자전거가 지나간다. 반바지에 티셔츠 입은 사람들이 지나가고 뜨거운 바람이 지나간다. 모두 어딘가를 향해 가고 있는데 나는 빈 의자에 유령처럼 앉아 무얼 하나. 모두 바쁘게 움직이는데 저 초록 도마뱀들은 왜 은행나무에 꼼짝없이 붙어 있나. 늘어선 에어컨 실외기들 뜨거운 바람 쏟아내는 어두운 거리 빈 의자에 앉아 후덥지근한 바람 맞으며 나는 무얼 하고 있나. 불 꺼진 빌딩 아래로 트럭이 지나가고 검은 구두들 지나가고 오토바이가 달리다 멈추고 빈 택시가 달리다 멈추고 행인들이 큰 소리로 떠들어대고 바람이 불다 멈추고 다시 부는데. 초록 도마뱀들 낙엽처럼 붙어 있는 나무의자에 앉아 뜨거운 바람 맞으며 은행나무에 붙어 지나가는 사람들을 구경하는 초록 도마뱀들을 멍하니 바라보는 이토록 이상한 밤.

개미와 나

개미들이 아파트 벽을 타고 십삼층 내 집으로 올라온다.
줄지어 벽과 방바닥을 기어다닌다. 아무리 눌러 죽여도 개
미들은 끊임없이 나타나 개수대나 쓰레기통 속을 돌아다닌
다. 내가 잠들면 개미들은 침대 다리를 타고 올라와 내 귓속
으로 들어온다. 내가 꿈꾸는 동안 내 귀는 개미들의 아늑한
집이 된다. 개미들은 내 귓속에 알을 까고 먹이를 들고 부
지런히 들락거린다. 봄이 오면 작고 하얀 알들은 따듯한 내
귓속 동굴에서 검은 개미로 몸바꿈 할 것이다. 내가 개미집
을 찾아 집안 구석구석을 뒤지는 동안 개미들은 내 귓속에
서 내내 평화로운 꿈을 꿀 것이다.

저수지

당신이 갑자기 빵이 먹고 싶다고 해서 나는 빵가게를 찾아간다. 하지만 빵가게는 없고 저수지만 보인다. 다리가 아파 저수지 둑에 앉으니 저수지 푸른 물에 검은 집이 비친다. 검은 집에서 파란 불빛 새어나온다. 검은 집 거실 벽 한쪽에 레코드판들이 가득하다. 내가 레코드판을 천천히 훑어보는 동안 당신은 저수지 바닥을 걸어서 검은 집으로 들어간다. 나도 당신을 따라간다. 당신은 진열장에 꽂힌 음반들을 본다. 내가 꿈에서 늘 보던 것들이다. 홍차를 마시던 검은 집의 주인이 우리를 보고 소파에서 벌떡 일어난다. 저수지에 커다란 파문이 인다. 나와 당신과 검은 집 주인이 파문에 섞여 저수지 곳곳으로 퍼져나간다.

물푸레나무숲

　물푸레나무숲에서 부엉이 운다. 나는 홀린 사람처럼 숲으로 들어간다. 숲에는 녹색 꽃 피운 난초들이 가득하다. 부엉이 앉아 있는 물푸레나무 아래 오래된 돌무덤이 있다. 이 돌무덤에 누가 잠들어 있더라? 물푸레나무 그늘 드리워진 무덤가에 누워 생각에 잠긴다. 머릿속 침침한 방문을 열고 끊어진 기억의 계단을 오르내리는 동안 해가 떨어지고 달이 뜨고 별들이 총총 돋아난다. 하지만 아무리 생각해도 무덤 속에 잠든 이가 누군지 기억나지 않는다. 어둠 속으로 유성 하나 지나간다. 은하 철도의 끊어진 철로를 따라 우주 저편으로 한없이 빨려들어간다.

발자국에 관한 단상

당신은 보이지 않는 발자국들이 무수히 찍혀 있는 행성에 산다. 발자국들은 여섯 식구가 사는 당신의 작은 집에도 찍혀 있다. 한 사람이 하루에 오백 개만 찍어도 일 년이면 백만 개 십 년이면 천만 개도 넘는다. 당신이 사는 집과 마을과 당신이 사는 도시와 행성엔 날마다 새로운 발자국들이 생긴다.

발자국을 찍어대는 동안 당신은 자꾸 늙어갈 것이고 더이상 찍을 발자국이 없을 때 당신은 숨을 거둘 것이다. 당신이 한 줌 빛도 들지 않는 무덤에 누워 아무 생각 없이 편히 쉴 때도 당신이 찍은 크고 작은 발자국들은 당신이 살았던 행성에 남아 있을 것이다.

꽃다발을 산 꽃집을 나와 골목을 돌아갈 때 찍었던 발자국도 그 사람이 기다리는 공원을 향해 걸을 때 찍었던 발자국도 아직 남아 있을 것이다. 당신은 없고 발자국만 남았을 때도 당신이 살던 행성은 공전과 자전을 계속할 것이고 당신이 잠든 무덤 옆에 누워 쉴 사람들도 새로운 발자국을 자꾸만 찍어댈 것이다.

대저를 지나며

아침이면 구포다리 위에 차들이 길게 늘어서곤 했다. 늘어선 차들은 좀처럼 움직일 줄 몰랐다. 다급해진 사람들은 버스에서 내려 다리 옆 통행로를 따라 걸었다. 바쁜 일은 없었지만 나도 가끔 다리를 따라 걸었다. 산꼭대기의 햇빛 받아 반짝이는 강에서 물고기들이 튀곤 했다. 햇빛 등지고 대저로 들어서면 봄꽃 향기 아지랑이처럼 퍼졌다. 길가 양철 지붕 작은 집 옆엔 버드나무 그림자 드리워진 물길이 있었고 시멘트 다리 옆엔 커다란 플라타너스가 있었다. 이따금 마을버스가 서는 정류장 가로수에서 참새들이 쉬어가곤 했다. 버드나무 그림자로 덮여 햇빛 잘 들지 않는 물길은 늘 깊고 어두웠지만 나는 고인 물 위에 고요히 떠 있는 연두색 개구리밥을 한참 바라보곤 했다. 어쩌면 내가 사랑했던 그 사람도 버스를 타고 가다 물 위에 고요히 떠 있는 개구리밥들을 바라보곤 했을 것이다. 그녀가 시멘트 다리와 오래된 간판을 단 가게와 늙은 나무들을 고요히 바라보는 동안 햇빛은 그녀의 검은 머리칼을 따뜻하게 비추어주었을 것이다.

뿔을 단 거인과 이미지의 시학

김경복(문학평론가)

한 시인의 중심부에 이르는 것은 매우 힘든 일이자 즐거운 일이다. 시인은 자신의 내면을 감추기 위해 여러 상징을 가함으로써 독자의 탐색을 어렵게 하지만, 동시에 자신의 내면으로 찾아오게끔 몇 개의 단서와 이정표를 흘려 독자의 발걸음을 꾀고 있다. 시 역시 인간의 언어로 발화된 것인 만큼 소통을 전제로 하지 않을 수 없다면, 아무리 압축과 변형으로 그 의미가 모호하더라도 시인의 내심을 알 수 있게끔 하는 한 줄기의 길은 있을 것이다. 시는 그런 점에서 미로 속의 길 찾기, 즉 '미로 여행'과 같다. 힘듦과 홀림을 동시에 가진 기이한 놀이로 독자의 일상적 결핍을 채워주고 영적 허기를 달래주는 역할을 한다.

그렇게 본다면 시를 읽는다는 것은 탐색의 과정이다. 그럴 때 이 탐색의 과정에서 독자로 하여금 시의 심부에 이르게 하도록 배치된 실마리가 중요하다. 시에서 이런 실마리 중 강력한 하나가 이미지라 할 수 있다. 시에서 이미지는 무엇보다 시인의 욕망이 분비해놓은 호르몬으로, 그 냄새와 무늬의 특이성을 보여주기 때문이다. 이미지는 시인이 추구하는 의식을 생생하게 느끼게 해주는 감각적 결이다. 그 이미지의 결을 따라갈 때 시인의 꿈이랄지 고뇌랄지, 시적 세계의 중심부에 이르는 궤도에 올라서게 되면서 독서의 갈증도 풀 수 있다.

환상 시인으로 알려진 김참의 다섯번째 시집을 음미하는 방법은 그의 시가 그리고 있는 이미지의 특이성을 고려할 때 이미지의 지리적 탐색과 동행이 좋은 방법이 아닐까 싶다. 쉽게 심중을 내비치지 않는 시인의 의식을 추적하기 위해서는 그 의식의 욕망이 분비해놓은 이미지의 결을 더듬어가볼 일이다. 그럴 때 우리는 시인 김참이 그려 보여주는 기이하고도 강렬한 시적 풍경을 만나게 될 것이다.

뿔의 상징과 변신의 의미

어떤 시든 이미지는 있기 마련이지만 시적 중심으로 안내하는 이미지는 독특한 시적 정서를 담고 있다. 특이한 시적 이미지는 시인의 의식 지향성을 보여주는 것으로서 강렬한 에너지를 분출하기 때문이다. 이미지는 늘 현실 속에서 의식화의 과정을 거친 뒤 욕망의 호르몬 형태로 나타난다. 그렇게 본다면 김참 시의 특성은 그 이미지의 결에 나타난 의식의 특이성에 놓여 있고, 그 의식의 밑바닥에 깔려 있는 욕망의 종류와 강도에 있다. 이번 시집에서도 이 의식의 특이성을 보여주는 이미지가 있을 터인데, 그것을 찾자면 '뿔' 이미지가 아닐까 한다. 뿔을 두고 시적 화자가 다른 때와 달리 심장이 뛴다고 말하고 있기 때문이다. 그 시는 이렇다.

창밖에 기린이 나타나 귀 쫑긋 세우고 내가 틀어놓은 음악을 듣는다. 저녁마다 커다란 기린이 나타나 안테나처럼 귀를 세우고 내가 틀어놓은 옛날 음악을 듣는다. 나는 냉장고에서 사과를 꺼내 기린에게 건네준다. 기린은 사과를 꿀꺽 삼키며 크고 순한 눈을 깜빡거린다. 나는 사과 하나를 더 건네주며 사과 씹는 기린을 물끄러미 바라본다. 기린 머리에 달린 딱딱한 뿔을 올려다본다. 그때마다 내 심장은 쿵쾅쿵쾅 뛴다. 바람이 분다. 기린은 몸을 돌려 은행나무숲으로 돌아간다. 숲으로 가는 길엔 작고 낮은 집들이 늘어서 있다. 기린이 한 걸음 내디딜 때마다 집들의 심장에 주황색 등불이 켜지고 커다란 발자국이 숲으로 이어진 길 위에 뚜렷이 새겨진다. 숲과 집들과 나무들과 굴뚝에서 솟아오르는 연기들 점점 작아지고 기린의 몸집은 점점 커진다. 회색 구름이 기린의 목에 걸린다. 남자와 여자가 잠든 작은 방 창문 밖으로 기린이 지나간다. 은행나무 잎 녹색 빛깔 점점 짙어지는 여름밤, 은행나무숲에 앉아 있는 연인의 등뒤로 기린이 지나간다. 아니, 기린 지나가는 소리 들린다. 조용히 비가 내린다. 은행잎들이 가만히 떨어져내린다.

—「은행나무숲으로 가는 기린」 전문

이 시를 보면 전통 서정시의 형식으로 쓰인 것이 아님을 금방 알 수 있다. 일상적 현실의 논리를 벗어난 환상적 상태가 시의 주종을 이루고 있기 때문이다. 따라서 이 시는 시인의 심리적 의식의 결을 드러내는 이미지의 선을 따라 감상하는 것이 중요하다. 이 시의 중심 이미지는 기린의 의미를 집약시켜주고 확장시키는 사물로서 '뿔'이다. 여러 이미지가 출현하고 그 이미지를 통해 여러 의미를 짐작해볼 수 있지만, 그 모든 이미지를 묶어주는 벼리에 해당하는 이미지가 '기린의 뿔'인 것이다. 기린과 뿔은 이 시에서 같은 의미망을 가진 것으로서 "낮은 집들이 늘어서 있"는 일상을 뛰어넘는 표상을 상징한다. 즉 "숲과 집들과 나무들과 굴뚝에서 솟아오르는 연기들 점점 작아지고 기린의 몸집은 점점 커진다"에서 볼 수 있는 것처럼 기린과 기린의 뿔은 작아지는 지상의 존재들을 초월해 무한정 '커지거나 높아짐'으로써 어떤 자유로운 경지에 이를 수 있는 대상으로 투사되고 있다. 이 이미지 속에 시적 화자의 정서도 녹아들어 있고, 시적 화자가 꿈꾸는 대상으로 상상력의 논리도 전개되고 있다.

그렇다면 이 시적 이미지를 더욱 자세히 음미해볼 필요가 있다. 우선, 시적 화자에게 기린의 '뿔'은 무슨 의미인가 하는 질문을 던져볼 수 있다. "기린 머리에 달린 딱딱한 뿔을 올려다본다. 그때마다 내 심장은 쿵쾅쿵쾅 뛴다"에서 확인할 수 있는 것처럼 시적 화자가 '기린의 뿔'에 특별한 정서적 반응을 보이고 있기 때문이다. 즉 '심장의 활발한 박동'을 뿔로 인해 느끼는 것이다. 이런 정서적 반응은 "기린이 한 걸음 내디딜 때마다 집들의 심장에 주황색 등불이 켜지"는 것에서도 볼 수 있다. 시적 화자의 심장이 쿵쾅쿵쾅 뛰는 것이나 집들의 심장에 주황색 등불이 켜지는 것은 맥락

상 같은 의미다. 그렇다면 다시, 왜 시적 화자는 기린 머리의 '뿔'을 올려다볼 때마다 "심장은 쿵쾅쿵쾅" 뛰게 될까 하고 물을 수 있다. 일반적 관점의 상태에서 추측한다면, 기린 머리에 돋아나 있는 뿔은 시적 화자에게 어떤 신비한 인상을 남겨 감동을 주고 있다고 해석해볼 수 있다. 특히 "올려다본다"가 갖는 언어의 내포적 의미가 흠모와 지향의 가치를 형성하고 있다는 점에서 그렇다. 특별한 정보가 주어지지 않은 상태에서도 시적 화자는 '뿔'의 상징적 가치와 의미에 자신을 동조화하고 싶어함을 느낄 수 있다. '심장이 쿵쾅쿵쾅 뛴다'는 것은 간절히 그리운 대상이나 상태를 열망하는 표현이 분명하기 때문이다.

그렇다면 다시 시적 화자는 왜, 무엇을 바라기에 이런 표현을 하게 되었는가 하는 질문을 이어 해볼 수 있다. 이 질문에 대한 답은 지금의 상태에서는 나오기 어렵다. 시의 전체적 맥락을 고려하고, 또 이전의 시들 속에 나온 뿔의 이미지들을 살피고 난 뒤에 가능하다. 그런데 이 시에서는 뿔과 대등하게 '기린'의 이미지가 의미심장하다는 점이 주목된다. 이 시에서 "창밖에 기린이 나타나 귀 쫑긋 세우고 내가 틀어놓은 음악을 듣는다"는 표현을 볼 때, 기린은 나와 심리적 지향을 공유하면서, 내가 건네는 사과를 꿀꺽 삼킬 줄 아는 "크고 순한 눈을" 지닌 존재다. 그런데 "몸집은 점점 커진다. 회색 구름이 기린의 목에 걸린다"에서 볼 수 있는 것처럼 "커다란 발자국"의 큰 동물로 그려져 우리의 일상적 인식을 초월하는 존재로 그려지기도 한다. 이처럼 일상적 현실을 벗어나 있는 존재이기에 기린이 다녀가는 것을 보통 사람들은 눈치채지 못한다. "남자와 여자가 잠든 작은 방 창문 밖으로 기린이 지나"가고 있거나 "은행나무숲에 앉아 있는 연인의 등뒤로 기린이 지나"가고 있어 기린의 실체를 알지 못하는 것이다. 기린의 실체와 그 가치를 아는 존재는 오직 시적 화자, 즉 시인의 의식이다. 여기서 김참 시인의 시적 특이성이 발생한다. 김참의 시는 일반 사람들이 눈치챌 수 없는 심미적 가치나 상징의 세계를 대상으로 한다. 그것이 김참 시의 특징으로 알려진 환상의 세계일 터이다.

다시 앞의 이야기로 돌아가서, 시인은 왜 뿔을 보면 심장이 뛰고, 심장에 불이 들어오는 것처럼 활기가 넘치는 것일까? 기린과 뿔을 동일시하면서 일정 부분 일상을 초월하는 심리적 기제로 해석한 앞의 내용이 해답의 하나가 될 수 있을 것이다. 이미 그것들은 둘 다 높이 솟아 있고 일상적 형태가 아니라는 점에서 등가적 가치를 가지고 있기 때문이다. 그러나 김참의 시에서 뿔은 그런 의미만 가지고 있는 것은 아니다. 실제 시인은 이전 시집에도 상당한 뿔의 이미지를 선보였다. "긴 뿔 돋힌 두 마리 개"(「여자들」, 『미로 여행』, 천년의시작, 2002), "뿔 달린 거인"(「사막을 달리는」, 『그림자들』, 서정시학, 2006), "머리에 뿔 달린 사람들"(「미궁」, 『그림자들』), "눈을 커다랗게 뜨고 입을 다물지 못하는 사람들의 머리 위에 뾰족하게 돋아나는 것은 소용돌이치며 빠르게 돌아가는 뿔이다"(「구멍 뚫린 담장」, 『그림자들』), "파란 뿔 달린 검은 소"(「검은 소와 잉어가 있는 늪」, 『빵집을 비추는 볼록거울』, 파란, 2016), "뾰족한 뿔 돋은 파란 말"(「서커스」, 『빵집을 비추는 볼록거울』) 등이 그것이다. 이 뿔의 의미들이 똑같다고 할 수는 없지만, 대체로 '뿔 돋 친' '뿔 달린' '소용돌이치는 뿔'의 내용으로 볼 때 힘의 팽창을 통한 우뚝 솟음을 뜻한다고 볼 수 있다. 그것은 일차적으로 생의 무기력함에서 벗어나는 활력을, 이차적으로는 존재의 무의미함에서 빠져나온 광휘로움을 상징한다고 볼 수 있다. 그 무엇으로 해석하든 이 시 구절에서 발견할 수 있는 의미의 심층은 생의 충만감이다.

형상적 차원에서 보자면 뿔은 발기한 남근으로 볼 수 있다. 시들어 있던 존재가 생명력이 가득한 존재로 변신하는 것이다. 이와 관련한 세라 바틀릿의 말은 경청할 만하다. 세라 바틀릿은 『100가지 상징으로 본 우주의 비밀』(임소연 옮김, 시그마북스, 2016)에서 뿔이 그 형상의 특성으로 다산, 생장, 자연, 부활의 상징을 띠며, 기원전부터 신의 형상으로 제시되고 있다고 밝히고 있다. 이때 뿔은 자연계의 뿔 달린 동물이 보여주는 발정과 정력의 상징이면서 다산, 생장, 자연, 부활의 상징이 된다. 즉 남근의 이미지를 갖는다. 세라 바틀릿은 남근 역시 뿔처럼 발기되어 하늘로 치솟아 다산과 정력의 강력한 상징이 된다고 말한다. 모두 생의 활기를 기본적으로 지니면서 확대와 팽창의 이미지를 공유하는 것이다.

이런 관점에 입각해 뿔을 본다면 심장이 쿵쾅쿵쾅 뛰는 것은 자연스럽다. 그때 뿔은 성적 욕망의 투사에 서 있을 테니 말이다. 이는 김참 시인이 뿔이 돋는다의 이미지를 통해 무기력하고 무감각한 일상적 삶의 형식에서 벗어나 활기로 팽창하는 삶을 살고 싶다는 본능을 드러낸 것으로 볼 수 있다. 그 뿔을 보는 심리는 성적 욕망에서든 일상적 무기력에서 벗어나고자 하는 본능에서는 심장을 쿵쿵 뛰게 만드는 힘이 있으리라 추측해볼 수 있다.

한편, 아지자·올리비에리·스크트릭은『문학의 상징·주제 사전』(장영수 옮김, 청하, 1989)에서 일각수(一角獸)를 소개하는 가운데 뿔이 갖는 상징적 의미를 전투와 풍요로움 속에서 갖는 힘의 개념으로 설명하면서, 정면에 있음으로 해서 관통의 의미를 드러내는 것으로 보고 있다. 즉 신화적 관점에서 보자면 뿔은 분노한 신의 형상이라는 것이다. 분노 또한 힘의 팽창이나 확대를 암시한다는 점에서 위의 성적 해석과 거리가 그리 먼 것은 아니나, 대상에 대한 공격이나 비판의 의미를 담고 있다는 점에서 다른 지향을 보여준다. 이번 시집에서 김참의 다음 시가 이를 암시해주고 있다.

밤이면 네 머리엔 뿔이 돋는다. 화분에 핀 꽃은 시들고 하늘은 시커먼 구름으로 뒤덮인다. 밤이면 네 손가락은

점점 짧아지고 네 혀는 달팽이처럼 둥글게 말린다. 밤이
면 사람들이 하나둘 사라진다. 빵집 남자가 사라지고 빵
집 앞에 서서 비 맞는 아가씨도 사라진다. 밤이면 네 눈은
툭 튀어나오고 네 귀는 풍선처럼 부푼다. 네 코는 자꾸 커
지고 콧구멍은 연탄 구멍처럼 빨갛게 달아오른다. 밤이면
너는 창문을 열고 아파트 벽을 뚜벅뚜벅 걸어다닌다. 너
는 내 방 창문을 열고 내 머리통을 후려친다. 밤이면 내
손가락은 점점 짧아지고 내 혀는 달팽이처럼 둥글게 말린
다. 밤이면 내 머리에 긴 뿔이 돋아난다. 밤이면 나는 불
면에 시달린다.

—「밤이면」 전문

이 시를 보면 김참 시의 특징을 단박에 알 수 있다. 우선
"머리엔 뿔이 돋는다"란 구절이 시의 중요한 이미지로 작
동하는 것으로 보아 이 시는 리얼리즘 시나 전통 서정시 형
태가 아님을 알 수 있다. 자신의 심리적 현상을 비현실적
인 형상, 즉 환상이나 꿈의 형상으로 제시하고 있다는 점에
서 굳이 시적 유형으로 분류하자면 초현실주의 계열에 속
한다. 문제는 이 시의 이미지에 나타난 의식의 특이성과 그
속에 담긴 욕망의 내용이다. 이 시를 제대로 감상하기 위해
서는 이 시의 출발이 되는 "밤이면"이란 시어를 놓쳐서는
안 된다. 이 시어는 어떤 조건을 가정하는, 즉 어떤 조건이
충족되는 것을 전제로 해서 새로운 상태를 상상케 하는 계

기를 갖는다. 때문에 이 새로운 상태로의 돌입을 가능케 하는 조건, 즉 "밤이면"은 일상의 현실을 벗어나는 단초이자, 벗어나고픈 바람이다.

이러한 계기적인 상태로 욕망을 달성하는 발상은 김참 시의 주요한 표현법이다. 첫 시집의 표제작인 「시간이 멈추자 나는 날았다」(문학세계사, 1999)도 새로운 조건이 주어지고 이것이 충족된 이후에 상상력을 발휘하는 양상을 보인다. 밤이 되는 것이나 시간이 멈추는 것은 같은 조건의 형식으로서 '이것이 충족된다면'이라는 가정의 상태이다. 김참 시는 환상에 틈입해 들어갈 계기를 기점으로 시가 시작되는데, 조건이 주어지면 발상을 보인 뒤, 그 조건이 충족되었다는 가정하에 자유로운 상상을 펼친다. 조건이 주어지기 전의 상태, 즉 일상적 현실과 조건이 충족된 상태, 즉 환상적 현실의 대비가 작품의 내용이 되는 것이다. 때문에 작품은 현실의 반립(反立), 즉 현실의 법칙이 벗어난 상태의 뒤집힌 일상으로서 꿈의 현실을 주로 다룬다. 그 점에서 일정 부분 김참 시의 시들은 현실과 맞물린 데칼코마니, 현실에 젖줄을 댄 쌍생아의 모습을 보여준다.

물론 이러한 계기적 매체 없이 바로 환상에 진입한 시도 있다. 그러나 대부분의 시들은 현실과의 관련성 속에서 그 의미를 획득한다. 그것은 현실과 환상의 경계를 어느 정도 시적 상황으로 구성하고, 이를 기준으로 시적 의미가 생성됨을 말해준다. 현실과 환상의 경계가 해체되거나 흐릿해

짐으로써 다른 의미를 생각해볼 수 있는 시도 있지만, 그 어떠한 의미도 이 경계가 그 해석의 토대로 작용한다는 점은 동일하다. 이 점을 고려하여 다시 「밤이면」을 보면, 합리적 이성의 개입이나 감시가 줄어든 상태의 꿈의 상황 내지는 몽환의 현상이 보인다. 즉 꿈속에서 발생하는 여러 상황을 이미지로 나타내고 있는데, 대체로 그 경향은 "시들고" "짧아지고" "둥글게 말려" "사라지는" 축소의 계열과 "부풀"고 "커지고" "빨갛게 달아오르"고 거기에 더하여 "뚜벅뚜벅 걸어다니"거나 "머리에 긴 뿔이 돋아나"는 확대의 계열로 나뉘어 구성되어 있다. 둘 다 현실의 형상과는 다르게 변형되었다는 점에서 변신 내지 변형의 의미를 갖고 있지만, 축소의 이미지들은 "밤이면 사람들이 하나둘 사라진다"에 나타난 것처럼 위축과 소멸의 공포를 함축하고 있다. 그에 비해 소멸의 공포에 떨고 있는 존재에게 "머리통을 후려쳐" 그것으로부터 깨어나게 하고 벗어나게 하는 확대의 이미지들은 활동과 성장의 기쁨을 준다.

이때 '돋는 뿔'은 사라짐과 축소에 대한 분노와 저항의 상징이자 조금이라도 자신의 체적과 체형을 키우려는 욕망의 산물이라는 점에서, 현실이라는 억압이 상징하는 위축과 소멸의 공포에 대한 저항으로 해석할 수 있다. 꿈을 빌려 현실이 주는 압력에 저항하고 그것을 전복시키고자 하는 욕망을 구체화한 것이라 볼 수 있다. 그렇게 본다면 이 시에서 '뿔'은 단순한 활성의 의미를 넘어 관통과 저항의 의미를 갖는다. 일상에 붙들려 쭈그러든 신이 자신의 정체성을 찾기 위해 떨쳐 일어난, 분노의 형상인 것이다. 분노 또한 심장이 쿵쾅쿵쾅 뛰고 있을 것은 당연하다.

거인의 꿈과 경계 해체

관통과 저항의 의미로서 뿔을 다는 존재는 '일상적 나'의 모습이 아니다. 그것은 자신이 꿈꾸는 존재가 되고 싶은 욕망, 변신의 욕망이 구체화된 모습이다. 때문에 뿔을 달고 싶은 욕망은 김참의 시에서 자연스럽게 거인이 되고 싶은 상상력을 발동시킨다. 상상력은 되도록 현실의 중압감을 떨쳐 버리고 보다 자유롭고 고고한 천상적 가치로 가는 길을 그린다. 분노한 신은 문학적 형상화 속에서 종종 거인으로 그려진다. 다음 시편들이 그것을 잘 보여준다.

작은 집들을 밟을까 조심조심 걷는다. 걸을 때마다 거리가 흔들리고 집이 흔들린다. 주차된 차들이 흔들린다. 텔레비전이 흔들리고 주전자가 흔들리고 찻잔이 흔들린다. 아무도 없는 거리를 지나 그녀의 집에 도착한다. 그녀가 활짝 웃는다. 우리는 거실 소파에 앉아 라디오를 듣는다. 그녀가 찻잔을 들고 온다. 홍차를 마시며 우리는 음악을 듣는다. 창밖을 본다. 철거 예정인 아파트 위에 독수리들이 떠 있다. 그녀가 창문을 연다. 시원한 바람이 불어온다. 우리는 산책을 나선다. 독수리들이 그녀의 어깨에 내려앉는다. 우리는 왜 갑자기 이렇게 커져버린 걸까. 아파트 베란다에 널린 이불을 걷는 사람이 우리를 보고 화들짝 놀란다. 우리는 지하철 공사가 한창인 버스 정류장을 지나고 포클레인이 차도를 파헤치는 빵가게 앞을 지나간다. 좁은 길 따라 우리는 천천히 걷는다. 걸을 때마다 땅이 흔들리고 가로수가 흔들린다. 지붕이 흔들리고 유리창이 덜컹거린다. 길게 줄을 서서 버스를 기다리던 사람들이 우리를 보고 놀라 흩어진다.

—「몽환의 마을」부분

　내 발아래로 딱딱한 구름이 흘러간다. 날아가던 새들이 딱딱한 구름에 부딪쳐 추락한다. 새들은 낡은 지붕 위에서 하얗게 말라가는 고구마들과 함께 천천히 말라갈 것이다. 낡은 집 옆 커다란 연못에서 커다란 물고기들이 논다. 이따금 수면을 박차고 구름까지 올라가는 물고기들. 내 꿈에 나타나 내 고요한 잠을 방해하던 죽음의 사자들. 그 물고기를 잡으러 간 아이들의 피가 장밋빛으로 연못을 물들이는 계절. 내 발아래로 딱딱한 구름이 흘러가는 계절.

—「가을」부분

　위 두 편의 시는 시적 화자가 매우 큰 사람, 즉 거인임을 표현한 작품이다. 뿔을 달고 싶은 욕망은 보다 힘있고 고귀한

존재로 변신하고 싶은 마음으로 전이되는데, 김참의 시에서
는 그것이 위의 시들에서 볼 수 있는 것처럼 '거인'으로 실현
된다. 먼저 「몽환의 마을」에서 시적 화자는 "작은 집들을 밟
을까 조심조심 걷"거나 "걸을 때마다 거리가 흔들리고 집이
흔들"릴 정도로 거대한 몸체를 자랑한다. 더 나아가 "독수리
들이 (그녀의) 어깨에 내려앉"거나, "아파트 베란다에 널린
이불을 걷는 사람이 우리를 보고 화들짝 놀"랄 정도의 덩치
를 보인다. 이 구절들 속에서 시적 화자의 욕망은 일상적 현
실을 '흔들리게' 할 만한 존재, 일상적 존재가 볼 때엔 '화들
짝 놀라게' 할 만한 존재가 되고 싶은 것으로 모아진다. 이 욕
망의 바탕에는 굳어 있는 현실을 뒤흔들어 보다 생동감 있는
세계로 만들고 싶고, 자신에게 주어진 일상이 경직되고 무의
미하다는 것을 사람들에게 깨우쳐주고 싶은 바람이 깃들어
있다. 놀라게 하고 정체된 것을 뒤흔드는 것은 끊임없이 살
아 움직이는 생명의 본질적 현상이다. 거인의 표상은 정체와
무감각에 대한 반동적 형태다.
　「가을」의 내용도 비슷하다. "내 발아래로 딱딱한 구름이
흘러간다. 날아가던 새들이 딱딱한 구름에 부딪쳐 추락한
다"에 나타나는 것은 보통의 인간들이 꿈꿀 수 없는 경지
에 도달해 있음을 드러낸다. 이러한 이미지들은 꿈이거나
망상 허황된 것으로 볼 수도 있다. 그렇지만 꿈을 프로이트
가 말대로 현실에서 이루어질 수 없는 것을 대리로 충족하
는 표상이라고 본다면, 이 시에 나오는 거인의 표상과 심리

는 일상적 현실에 짓눌린 현대인들의 초월적 세계로의 지
향을 대변한 것이라 할 수 있다. 오늘의 현실은 후기자본주
의적 방식과 체제에 따라 효율과 기능으로 점철되어 인간
의 자유로움과 활기가 굳어진 상태, 아도르노가 근대사회
의 문제점으로 지적한 생명이 '사물화된 상태'로 볼 수 있
다. 이 비활성의 세계에서 거인이 되고 싶다는 것은 억눌
린 생명력의 소생, 또는 진정한 세계로의 자유로운 비상이
란 의미를 갖는다. 거인이 되는 것이 변신에의 욕망의 전
형이라는 점에서 이 또한 환상성의 의미를 갖는다면, 이때
언급되는 환상성 자체야말로 우리가 억눌러버린 욕망으로
의 회귀, 낮의 현실이 억압한 참된 생명력의 복원이다. 우
리가 자연의 생명력에 대한 경외의 태도를 오랜 신화적 상
상력이 거인으로 형상화하고 있듯이, 시인도 당대의 현실
에서 참된 생명력의 경이를 이러한 거인의 표상으로 소환
하고 있는지도 모른다.

　　김참 시인은 이전 시집에서부터 이러한 의미를 '꿈'과 '환
상'이란 키워드로 작품에 담아왔다. 뿔과 거인의 이미지를
이번 시집에서 찬찬히 살펴보면 꿈의 형식으로 제시되고 있
음을 알 수 있다. 꿈은 환상이지만 그 환상은 현실의 결핍을
환기시켜 현실의 문제점을 암시한다. 때문에 꿈이 갖는 환
상성은 현실과 동떨어진 무의미한 것이 아니다. 현실의 부
정성을 반립한 형태로 보여주는 데칼코마니와 같다. 꿈과
현실은 김참 시에서 동전의 양면처럼 반립해 있지만, 뫼비

우스의 띠처럼 이어져 있다. 꿈속을 계속 걸어가면 현실이
되고, 현실을 계속 걸어가면 꿈속이 된다. 마치 장자의 나비
꿈처럼 무엇이 꿈이고 무엇이 현실인지 경계가 모호해지는
것이다. 이 점은 다음 시편들에서 잘 볼 수 있다.

내가 창문 활짝 열고 낮잠 잘 때 내 귀는 한여름 토란
잎처럼 커다랗게 자란다 내가 코골며 꿈을 꿀 때 내 귀는
고구마 줄기처럼 길게 뻗어나간다 내 귀는 냇가 돌담 옆
민들레로 피어나 검은 염소가 풀 뜯는 소리 듣는다 내 귀
는 쇠비름처럼 번지며 돌담 따라 걷는 아이의 낮은 발소
리를 듣는다

(……)

점점 커지는 내 귀에 흰나비 두 마리 춤추며 내려앉는
다 내 귀가 이탈리아 식당 뜨거운 지붕 위에서 화덕의 피
자처럼 빨갛게 익어갈 때 나는 식은땀 흘리며 낮잠에서
깨어난다 대문 활짝 열고 밖으로 나가 느티나무에 뜨거운
귀를 붙인다 바람이 분다 내 귀는 느티나무 가득 초록 잎
들로 돋아난다
                                             ―「낮잠」 부분

그녀가 그린 눈 내리는 거리는 내가 그린 그림 속에 있

어요. 그녀는 내 그림 속에 있지요. 그녀는 내 그림 속에서 그녀의 그림을 그려요. 그녀가 그린 그림엔 피뢰침이 있고 피뢰침 꼭대기엔 팔 없는 여자가 다리 없는 남자와 함께 거꾸로 걸려 있어요.

건물 꼭대기마다 피뢰침이 길게 솟아 있는 내 그림에는 작은 인형을 든 유령들이 걸어다니고 있어요. 그들은 내가 그린 그림 속 파란 의자에 앉아 눈 내리는 거리를 바라보기도 하고 거꾸로 매달린 남자와 여자를 그리는 내 그림 속 그녀를 우두커니 바라보기도 하지요.

—「그녀가 그린 그림들」 부분

두 편의 시는 꿈과 현실의 경계가 뚜렷이 구별되지 않음을, 구별될 수 없음을 보여준다. 우선 「낮잠」은 꿈의 형식으로 제시된 거인증의 심리가 드러난다. 예를 들어 "내가 창문 활짝 열고 낮잠 잘 때 내 귀는 한여름 토란잎처럼 커다랗게 자란다"에 보이는 '커다란 귀'는 "한여름 토란잎"의 비유에서 보듯이 왕성한 자연의 생명력을 바탕으로 무한히 확장되어가는 존재의 활기를 상징한다. 이 놀랍고 강렬한 생의 활기는 그가 간절히 바라는 것이기에 시 속의 상황에서 꿈과 현실을 불문하고 증폭되기를 꿈꾼다. 그리하여 "나는 식은땀 흘리며 낮잠에서 깨어난다 대문 활짝 열고 밖으로 나가 느티나무에 뜨거운 귀를 붙인다 바람이 분다 내 귀는 느티나무 가득 초록 잎들로 돋아난다"에서 보는 것처럼 낮잠에 깨어난 상태에서도 시적 화자의 귀는 "느티나무 가득 초록 잎들로 돋아나"는 환상적 상태에 놓이는 것이다. 이 상황은 욕망이 강렬하면 강렬할수록 그 욕망이 실현되는 곳으로서 꿈과 꿈 아닌 것의 구분이 무의미하다는 것을 말해준다.

그렇지 않겠는가! 하나의 강렬한 염원은 안과 밖이 없고, 위와 아래도 없다. 「그녀가 그린 그림들」의 내용은 현실과 환상의 경계가 자로 재듯이 확연하게 구분되는 것은 아니란 것을 말해준다. 예를 들어 "그녀가 그린 눈 내리는 거리는 내가 그린 그림 속에 있어요. 그녀는 내 그림 속에 있지요" 라는 언명은 내가 그린 그림 속에 그녀의 그림이 들어 있고 그녀가 그린 그림 속에 내가 그린 그림이 들어 있다는 내용인데, 이는 내가 그린 그림 속에 그녀가 들어 있고 그녀가 그린 그림 속에 내가 들어 있다는 상호 반립의 상태를 표현한 것으로 볼 수 있다. 장자의 나비 꿈에 해당하는 표현인데, 이 논리에 따르면 현실과 환상은 구분되지 않는 것이기에 우리가 믿고 보고 있는 이 현실이 사실은 환상일 수도 있다는 것, 또는 우리가 허황되다고 생각하는 환상이 사실은 현실일 수도 있다는 것이다. 이것은 획일과 효율로 모든 것을 분할하고 이성의 확신으로 모든 세계를 증명할 수 있다는 근대적 세계관에 대한 비판이자 전복의 형식이다. 시인 김참은 도구적 이성으로 명명된 근대적 문명의 형식에 대해 비판의 관점에 선 탈근대적 인식을 이러한 이미지의 무한 반복과 변주로 구체화하고 있다.

이미지의 무한 증식과 시쓰기의 의미

경계가 모호하고 해체되는 세계에서 이미지는 자립성과 단독성을 잃고 끝없이 흔들리는 파동 같다. 이미지는 무한하게 재생되거나 증식되는 현상으로 이어진다. 어떻게 보면 김참의 시가 이미지의 강박적 반복 같은 모습을 보여주고 있다는 점에서 무한 증식되는 이미지의 환상을 특징으로 한다고 볼 수 있다. 다음과 같은 시가 대표적인 한 사례일 것이다.

검은 항아리 머리에 이고 검은 얼굴 여인들 걸어가는 열대의 밤 노란 새들 나무에 앉아 커다랗게 지저귀고 어두운 하늘에 뚱뚱한 구름 흘러가는 밤 하얀 도마뱀들 벽 타고 내려와 바구니의 망고를 갉아먹는 밤 검은 얼굴 여인들 강가 모래밭에 항아리 내려놓고 어두운 강에 들어가 파란 물고기 건져올리는 밤 검은 얼굴 여인들 바오바브나무 아래 항아리 내려놓고 어두운 숲에서 초록 뱀을 잡는 밤 검은 얼굴 여인들 검은 항아리에 파란 물고기와 초록 뱀을 담아 어두운 오솔길 따라 돌아오는 밤 노란 달 공중에 떠올라 뜨겁게 타오르고 검은 바람이 뚱뚱한 구름을 밀고 언덕을 넘어가는 밤 잠 못 드는 내가 도마뱀처럼 벽을 타고 지붕에 올라 뜨거운 달빛 받으며 무화과 열매처럼 검은빛으로 익어가는 밤

—「열대의 밤」 전문

위 시는 제목에 해당되는 '열대의 밤'을 다양하고 중층적인 관점에서 그 특성을 이미지화해 보여준다. 무한 반복될 수도 있겠다는 이미지의 생성은 보는 사람에게 여러 생각이 들게 한다. 적당한 순간에 시는 끝나고 있지만 쓰려고 마음 먹는다면 비슷한 이미지들이 계속 나열될 수 있을 것이다. 그렇다면 이러한 이미지 생성을 보이는 까닭은 무엇일까? 김참 시인은 왜 이러한 비슷비슷한 이미지를 줄곧 생산하고 있는 것일까? 앞의 시 해석에서 일부 언급되어 있기도 하거니와, 현실과 환상의 구분이 없다는 인식을 바탕으로 우리가 보고 있는 이미지가 그 무엇도 참된 것이 아니라는 것을 보여주고자 함이 아닐까. 부처님이 『금강경』에서 "일체유위법(一切有爲法) 여몽환포영(如夢幻泡影) 여로역여전(如露亦如電) 응작시관(應作是觀)"이라 하며 이 세상의 모든 현상이 꿈, 환상, 물거품, 그림자, 이슬, 번개와 같은 것이어서 무상하기 짝이 없기 때문에 마땅히 그와 같이 바로 보아야 한다고 한 것처럼 시인 김참도 현실 속의 환상을, 환상 속의 현실을 저와 같은 강박적 이미지의 무한 증식으로 드러내고 있는 것은 아닌지 모르겠다.

이러한 이미지의 구체화는 어쩌면 무상한 일의 도로(徒
勞), 쓸데없는 일의 반복으로 보일지도 모른다. 그러나 김
참이 말하고자 하는 초점은 바로 여기에 있다, 우리가 쓸 데
있고 쓸데없음을 나누는 것 자체가 무의미하다는 것이다.
모든 현상의 밑바닥을 가로지르는, 무기력한 현실을 벗어
나고자 하는 초월에의 욕망만 선연한 한 줄기 흐름으로 존
재한다는 것이다. 뿔과 거인이 되고 싶은 욕망으로 말이다.
결국 이런 사색은 시쓰기의 문제로 확장된다. 시는 무위(無
爲)의 일을 반복하는 행위에 불과한가? 시인도 자신의 시
에 대한 번민과 자성을 하는 게 당연해 보인다. 이런 생각
은 그의 네번째 『빵집을 비추는 볼록거울』에 실려 있는 작
품에서 생생하게 드러난다. 그 작품은 시는 무엇이며, 어떻
게 써야 하며, 어떤 특성을 지녀야 할까 등등의 온갖 상념
을 성찰하고 있다.

어제는 시월 삼십 일. 어제는 기억해주는 사람이 별로
없는 내 생일. 아무짝에도 쓸모없는 내 생일. 오늘 마감인
시를 내일 쓰리라 생각했던 어제. 그리고 내일 쓰리라 다
짐했던 시를 오늘 쓰고 있는 지금 이 시간. 어제가 오늘 같
고 오늘이 어제 같은 날들. 마감 날 시 쓰는 이 게으른 습
관. 그것도 저녁에 시작해서 자정 전에 끝나는 중언부언
의 시들. 어느 날 저녁 들었던 박태일 선생님 말씀. 들을
때는 울컥했지만 생각해보면 하나도 틀린 데 없는 바로 그

말씀. 동어반복과 중언부언의 내 시들. 그 시가 그 시 같고 그 시가 그 시 같은 내 시들. 그렇다. 내 시들은 동어반복과 중언부언의 시들. 했던 말 또 하고 그 말을 다시 하는 쓸데없는 시들. (……) 어제는 내 생일. 이제는 기억해주는 사람이 별로 없는 내 생일. 아무짝에도 쓸모없고 시들시들한 내 생일. 오늘 마감인 시를 내일 쓰리라 생각했던 어제. 그리고 그 시를 지금 막 끝내는 바로 이 시간. 하지만 아직도 미련이 남는 바로 이 순간.
　　　　　　　—「동어반복과 중언부언의 날들」 부분

이 시는 김참의 시 중에서는 조금 특이하다 할 수 있다. 왜냐하면 대부분의 시가 꿈과 환상으로 점철된 데 반해 자신의 현실적 삶과 시에 대해 이야기하고 있기 때문이다. 시적 화자를 시인이 시적 주제를 효과적으로 드러내기 위해 만든 허구적 대리인이라고 시론에서 정의하지만, 이 시 속에 나오는 화자는 영판 시인 김참 같아 보인다. 그만큼 자신의 시와 현실의 이야기가 반영되어 있다. 그런데 시 속의 장면은 매우 쓸쓸하다. 시인 김참의 현실적 처지라고 생각되리만큼 처량한 신세를 보여준다. 우선 자신의 생일을 기억해주는 사람이 별로 없어 시적 화자는 "아무짝에도 쓸모없고 시들시들한 내 생일"을 보내며 침울해하고 있다. 그래서 "어제가 오늘 같고 오늘이 어제 같은 날들" 속에서 삶의 권태와 지리멸렬함에 빠져 있는 듯한 모습을 보여준다. 거기에 더하여 무엇보다 자신의 작품이 "그 시가 그 시 같고 그 시가 그 시 같은" "동어반복과 중언부언의 (내) 시들"로 평가받음으로써 큰 실의에 빠져 있다. 무료하고 무미건조한 일상의 반복과 자신의 시적 특성이 겹쳐지면서 자조적이고 자학적인 감정에 빠져드는 것이다. 그 자조와 자학이 권태롭고 소외된 현대인의 심리를 대변하는 것 같다.

그런데 이 시가 주는 전언은 거기에서 그치지 않는다. 전반적 분위기는 우울하고 의기소침해 있다고 할지 몰라도, 마무리 부분에서의 작은 반전이 있다. 그것은 이 시의 본의 (本意)가 따로 존재한다는 것을 말한다. 본의는 시적 화자의 의지적 의식에 들어 있다. "그 시를 지금 막 끝내는 바로 이 시간. 하지만 아직도 미련이 남는 바로 이 순간"의 표현 속에 깃든 있는 고집스러운 의식의 자부심 내지 생기 넘침이 그것이다. 이 구절의 분위기는 그의 시작(詩作)이 결코 동어반복과 중언부언이 아니란 것을, 결코 무의미하거나 쓸데없는 것으로 끝나지 않는다는 것을 주장하는 듯한 느낌을 준다. "하지만 아직도 미련이 남는 바로 이 순간"이란 언명에서 이러한 의미를 느낄 수 있다. 먼저 "하지만"이란 부정사를 통해 시적 화자는 자신에게 뒤집어씌운 편견을 부정하고 싶은 마음을 드러내고, 둘째 "아직도 미련이 남는"이란 말을 통해 자신이 쓰고 싶은 시적 영감이나 충동이 내부에 아직 많이 남아 있다는 자신감의 발로를 보이고 있다. 그것은 남들에게 동어반복과 중언부언의 시로 보일지 몰라도 자신에게는 늘 새로운 이미지를 창조해내는 창조적 열망이 매 순간 차오르고 있다는 항변의 의미다. 이 것은 무엇보다 셋째, "바로 이 순간"이란 표현을 통해 최소한 이 시를 쓰는 순간만은 "어제가 오늘 같고 오늘이 어제 같은 날들"의 연장이 아닌 살아 있는 순간, 의식이 깨어 있는 순간, 그래서 '의미로 충만해 있는 순간'이란 점을 강조함으로써 자신에게 시쓰기가 결코 무의미한 일의 반복이나 연속이 아님을 드러내고 있는 데서 알 수 있다.

이러한 언명은 그의 생활과 시작 활동이 결코 권태나 지리멸렬한 행위로 떨어지지 않는다는 부정의 표현이라 할 수 있다. 자신의 시에 대한 다른 사람의 피상적 평가에 대해 본능적인 정동으로, 자신의 삶과 시쓰기가 결코 쓸모없거나 중언부언이 아닌 어떤 깨달음에 따라 이루어진다는 점을 은연중 밝히고 있다. 직관적 해명에 가까운 어투로 말하는 저 목소리에서 그가 자신의 삶과 시를 바라보는 시선을 느낄 수 있는 것이다.

욕망의 호르몬이 분비되는 영상을 담아낸 이번 시집은 인간은 덧없는 욕망적 존재이지만, 끝없이 발생하는 욕망의 거품에 휩싸여 살고 있지만 그 덧없는 이미지 속에서 하나의 지향점을, 그 덧없는 이미지의 증식 속에서 하나의 진실된 흐름을 찾아 나서는 존재임을 보여준다. 모든 유동하는 이미지 속에 하나의 일관된 꿈, '뿔을 단 거인'으로 솟아 고착되고 경직된 당대의 현실을 깨뜨리고 자연의 생명력을 통해 왕성한 삶으로 나아가기를 꿈꾸는 것이다. 끝나지 않는 천일야화 같은 이미지 속을 헤치면서 참된 삶에 도착할 수 있도록 말이다.

김참 1995년『문학사상』을 통해 등단했다. 시집으로『시간이 멈추자 나는 날았다』『미로 여행』『그림자들』『빵집을 비추는 볼록거울』이 있다. 현대시동인상, 김달진문학상 젊은시인상을 수상했다.

문학동네시인선 133
그녀는 내 그림 속에서 그녀의 그림을 그려요
ⓒ 김참 2020

초판 인쇄 2020년 3월 13일
초판 발행 2020년 3월 23일

지은이 | 김참
펴낸이 | 염현숙
책임편집 | 김민정
편집 | 유성원 김필균
디자인 | 수류산방(樹流山房) 본문 디자인 | 유현아
마케팅 | 정민호 박보람 우상욱 안남영
홍보 | 김희숙 김상만 오혜림 지문희 우상희 김현지
제작 | 강신은 김동욱 임현식
제작처 | 영신사

펴낸곳 | (주)문학동네
출판등록 | 1993년 10월 22일 제406-2003-000045호
주소 | 10881 경기도 파주시 회동길 210
전자우편 | editor@munhak.com
대표전화 | 031) 955-8888 팩스 | 031) 955-8855
문의전화 | 031) 955-3576(마케팅), 031) 955-8865(편집)
문학동네카페 | http://cafe.naver.com/mhdn
북클럽문학동네 | http://bookclubmunhak.com

ISBN 978-89-546-7027-2 03810